I0752520

LES ENFANTS

DU MONDE

MÉMOIRE

Le seuil des mondes Le seuil des mondes oubliés

Du même auteur

Révélation publiée aux Éditions MAÏA.

L'ŒIL DU POUVOIR,

Murmuré aux vents de l'autoédition,

MIMIL ET LES GARDIENS,

CAMILLE

1802

Marthe-Rose Dite Toto

La Fille du Volcan

JACQUES SAINT-MAXIMIN

LES ENFANTS

DU MONDE MÉMOIRE

Le seuil des mondes oubliés

979-10-978547-3-7

Jacques SAINT-MAXIMIN

Né sous le soleil vibrant de la Guadeloupe, s'affirme avant tout comme un enfant des îles, porté par la mémoire caribéenne. Poète voyageur, il tisse ses mots à la croisée des souvenirs d'enfance et de la rumeur du vaste monde. De chaque existence rencontrée, il recueille l'éclat singulier et la peine muette.

LES ENFANTS DU MONDE MÉMOIRE

— *Un roman chanté où l'initiation épouse la poésie*

D'où venons-nous?

Que sommes-nous?

Où allons-nous?

Paul Gauguin

Préface

Zoé arrive à Montbrac, trouve la maison aux volets rouges héritée de sa mère et découvre une boîte contenant lettres, coupures et une cassette audio. Sur la bande, la voix d'Élise l'appelle et l'invite à revenir à la serre : « Tu ne pourras pas fuir l'écho de ton sang. » Dans la serre, Zoé trouve un carnet d'Élise évoquant une lignée oubliée, des veilleurs et des secrets familiaux. Une silhouette l'observe, renforçant l'atmosphère de mystère.

Chapitre 1

La pluie s'écrasait en silence contre les vitres sales du train, masquant à peine la tension qui pesait dans l'air. Zoé observait son reflet déformé dans la vitre, son cœur battant plus vite que les rails sous ses pieds. Chaque goutte semblait une seconde de trop dans un voyage qu'elle n'avait pas choisi.

Elle serrait entre ses doigts une vieille photo à moitié froissée. Dessus, un visage oublié, presque effacé par le temps : celui d'une femme qui lui ressemblait trop pour être une étrangère, mais trop peu pour être familière. Sa mère, disait-on. Disparue avant même que Zoé n'ait appris à dire son nom.

L'enceinte du train grésilla, puis une voix annonça :

"Prochain arrêt : Montbrac. Terminus."

Montbrac. Un village rayé des cartes depuis vingt ans. Pourquoi son père l'avait-il envoyée ici ? Pourquoi maintenant ? Et surtout, pourquoi avec cette photo, dans une enveloppe sans mot, sans explication, sinon cette phrase griffonnée au dos :

"La vérité commence là où le silence a grandi."

Elle frissonna. Pas à cause du froid. Mais Zoé sentait monter en elle cette intuition sourde,

comme un souffle venu d'ailleurs, lourd de pressentiments.

— que ce voyage allait ébranler bien plus que ses certitudes

Chapitre 2

— Bienvenue à Montbrac

Lorsque Zoé posa le pied sur le quai désert, elle crut un instant avoir voyagé dans le temps. Le panneau « Montbrac » était à moitié rongé par la rouille, les lettres tremblaient sous le vent. Aucun taxi, aucune voiture, aucune âme. Juste la nature figée

dans une veille silencieuse.

Elle portait son sac à dos qui frappait contre ses hanches, suivant un chemin de gravier bordé de chênes. Montbrac apparaissait progressivement : un village inchangé depuis environ vingt ans.

Volets fermés, pancartes usées, une ancienne boulangerie inoccupée.

Il n'y avait aucun brui, pas même celui des oiseaux.

Puis, une porte s'ouvrit. Une femme d'une soixantaine d'années — robe en laine grise, regard d'acier

— la fixait depuis le seuil de sa maison.

« Tu es la fille d'Élise ? » demanda-t-elle sans bouger.

Comme si ce simple geste scellait un accord silencieux, Zoé sentit son cœur s'alourdir légèrement.

« Elle est morte, tu sais », ajouta la femme, comme si Zoé ne le savait pas. Comme si le village lui-même portait le deuil depuis tout ce temps.

Sans un mot de plus, la femme referma la porte.

Chapitre 3

— La maison aux volets rouges

La clé tournait difficilement dans la serrure rouillée. Zoé dut forcer un peu avant que la porte ne s'ouvre en grinçant sur un couloir plongé dans la pénombre. L'odeur — un mélange de poussière ancienne, de bois humide et de lavande fanée — lui sauta au visage comme un fantôme familier.

La maison appartenait à sa mère, ou plutôt… lui appartenait désormais. C'était ce que disait la lettre du notaire, reçue trois jours auparavant, comme un caillou jeté dans l'eau calme de sa vie parisienne. Une maison qu'elle n'avait jamais connue. Une ville qu'on lui avait toujours cachée. Et maintenant, elle était seule au cœur de cet héritage muet.

Sur la console de l'entrée, un vieux téléphone à cadran reposait sous une fine couche de cendres. À côté, une boîte en fer refermée par un ruban écarlate. Aucun mot. Juste un prénom gravé au stylo, presque effacé : Zoé.

Elle ouvrit la boîte. À l'intérieur, des coupures de journaux, des lettres jaunies… et une cassette audio. Dessus, une inscription manuscrite : "Tu ne pourras pas fuir l'écho de ton sang."

Chapitre 4

— La cassette

La cassette, Zoé la tenait entre ses doigts comme un objet sacré ou maudit. — elle n'aurait su dire. Son cœur battait plus vite, à la fois par curiosité et par une peur floue, presque enfantine. La peur d'entendre une voix oubliée. Ou pire : d'y reconnaître la sienne.

Dans le salon, elle découvrit un vieux magnétophone enfoui sous une pile de draps, comme s'il avait été enterré là pour ne jamais être retrouvé. Il fonctionnait encore, à sa grande surprise. Elle introduisit la cassette, appuya sur « lecture », et attendit.

Un crépitement. Puis une respiration. Longue. Hésitante.

Zoé… si tu entends ceci, c'est que je n'ai pas réussi à revenir."

Sa gorge se noua. Cette voix. Douce. Cassée. Chargée de larmes qu'elle n'avait jamais vues, mais qu'elle sentait dans chaque syllabe.

Je ne peux pas t'expliquer tout maintenant. Mais ce que tu crois savoir… est faux. Je n'ai jamais voulu t'abandonner. J'ai fui, pour te protéger. Ils savaient. Ils m'attendaient. Reviens à la serre Là où les souvenirs dorment sous les racines." Un clic. La bande s'arrêta. Rien d'autre.

Chapitre 5

— Les racines du silence

La serre se trouvait à l'arrière du jardin, dissimulée sous un manteau de vignes et de lierre sauvage. Abandonnée depuis des années, elle semblait faire corps avec la nature. La porte grinça, protestant contre l'intrusion.

L'intérieur était baigné d'une lumière trouble. Des pots renversés, des plantes desséchées, et au centre… un carnet en cuir, attaché à un clou rouillé. Il portait les initiales É.D. — Élise Durand.

Elle ouvrit la cassette, et Zoé vit les mots lui sauter aux yeux comme des appels à l'aide.

Il y a des choses que l'on ne doit pas transmettre. Mais le silence détruit plus sûrement que la vérité."

Chaque page semblait raconter une autre version de l'histoire familiale. Un grand-père disparu dans des circonstances troubles. Une sœur que personne ne mentionnait. Et surtout, des notes confuses sur "la lignée"… et "les veilleurs".

Elle leva les yeux. Derrière la vitre fissurée, une silhouette se tenait debout. Immobile. À peine visible. Un homme ? Une ombre ? Mais quand elle ressortit… il n'y avait plus personne.

Chapitre 6

— L'homme au manteau de cuir

Le lendemain matin, Zoé descendit dans le village. Montbrac semblait s'être à peine réveillé. Quelques volets entrouverts, un chien qui aboyait sans conviction, et une odeur de terre mouillée dans l'air. Elle repéra un petit café à l'enseigne bancale : "Chez Jeanne".

La serveuse, fine comme une brindille, la regarda sans sourire.

« Café ? »

Elle acquiesça, Zoé, encore un peu engourdie.

Quand elle s'assit à une table près de la fenêtre, elle le vit. L'homme au manteau de cuir. Il l'observait depuis la rue, sans se cacher. Son visage était anguleux, buriné, son regard… trop fixe.

Puis il tourna les talons et disparut.

« Lui, c'est

», dit la serveuse, comme si elle avait deviné la question. « Il vit dans l'ancienne scierie.

Personne n'ose vraiment lui parler. »

Pourquoi la fixait-il ?

La connaissait-il ? Était-il lié à sa mère ?

Une chose était sûre : Montbrac la regardait autant qu'elle le découvrait.

Chapitre 7

— Une lettre dans les murs

De retour chez elle, Zoé s'installa dans le grenier, curieuse d'explorer chaque recoin de la maison. Sous les lattes d'un vieux plancher, elle découvrit une cavité. À l'intérieur : une enveloppe cachetée. Pas de timbre. Juste une initiale : "V."

La lettre, datée de 1986, racontait un rendez-vous secret entre Élise — sa mère — et un homme au ton passionné. L'écriture était tremblante, chargée d'émotion et de peur :

"Ils nous surveillent. Même ici, à Montbrac. Ce que ton père a fait, ce que les autres ont caché…

Tout pourrait ressurgir. N'ouvre jamais la porte du cellier. Pas seule."

Plusieurs fois, elle relut la dernière phrase — Zoé, troublée. Le cellier... ce mot ne lui disait rien.

Soudain, un bruit sec. Comme une porte qui claque. Elle sursauta.

Dans le couloir, un courant d'air agitait un rideau. Rien d'autre. Pourtant, Zoé sentit

— non, savait

— qu'elle n'était pas seule dans la maison.

Chapitre 8

— Le cellier

La nuit tombait doucement sur la maison, enveloppant les murs de brume. Zoé se tenait devant la porte du cellier. Le plancher craquait sous ses pieds, comme si la maison elle-même retenait son souffle. Elle hésita, se rappelant les mots de la lettre :

“N’ouvre jamais la porte du cellier. Pas seule.”

Mais elle était seule. Et elle détestait les interdits.

Elle tourna la poignée. Un grincement lugubre retentit.

L’odeur de terre et de métal envahit aussitôt ses narines. Des marches descendantes menaient à une cave voutée, faiblement éclairée par un rayon de lumière filtrant d’une bouche d’aération obstruée. Au fond, un grand meuble en bois. Un secrétaire. Fermé à clé.

Elle s’approcha. Sur le mur, gravée à même la pierre :

“Ce qui est caché doit le rester.”

Mais Zoé savait qu’il était déjà trop tard pour reculer.

Chapitre 9

— Le dossier 1913

Le lendemain matin, elle retourna à la serre. Le carnet d'Élise la hantait, chaque mot plus troublant que le précédent. Elle y trouva une page glissée entre deux feuilles : "Dossier 1913 – Archives du presbytère."

Une adresse était griffonnée en bas. Zoé se rendit dans l'ancien presbytère, désormais transformé en bibliothèque municipale. Une femme âgée, à l'air sévère mais bienveillant, la guida vers

les archives.

Après une heure de recherche, elle tomba sur un vieux carton scellé par une bande rouge. "Affaire Durand / Montbrac — classée confidentielle."

À l'intérieur, des photos en noir et blanc : un enfant pâle au regard étrange, une femme internée dans un asile, un document d'autopsie avec le nom Émile Durand, son grand-père supposé, mort à l'âge de 42 ans dans des circonstances inexpliquées.

Et puis, une feuille dactylographiée : “Hypothèse de transmission génétique de troubles cognitifs atypiques. Observation de comportements prophétiques chez la lignée D.”

Instinctivement, Zoé recula. Elle lisait là les prémices d’un secret de famille — plus vaste, plus ancien que la simple tragédie personnelle.

Chapitre 10

— Georges parle

Adossé au réverbère noyé dans l'obscurité, Georges attendait.

> La lumière, vacillante, ne dessinait que les contours de son visage

— comme si même la ville hésitait à le reconnaître. Attendait là.

> Il ne bougeait pas. Mais son regard, lui, traquait chaque ombre.

— immobile, silencieux. Il n'avait pas besoin de se présenter. Dans l'ombre, elle le reconnut aussitôt.

— Zoé savait qu'il savait qu'elle viendrait.

Tu veux qu'on continue sur cette lancée, peut-être explorer ce qui se passe entre eux ou ce qu'elle découvre ensuite□?

« Tu lis trop vite », dit-il simplement.

Elle cligna des yeux.

« Pardon ? »

« Les archives. Le carnet. Tu ne trouveras rien de vrai dans les mots d'Élise si tu ignores ce qu'elle a fui. »

Sa voix était grave, enveloppée d'un accent d'un autre temps. Il ne bougeait pas, ne souriait pas. Il était l'ombre vivante de ce village.

« Tu connaissais ma mère », dit-elle, le cœur serré.

Il ne répondit pas tout de suite. Puis :

« Elle n'est jamais partie. Elle s'est effacée. »

Avant qu'elle puisse ajouter un mot, il glissa dans sa main une feuille jaunie, déchirée sur les bords.

Un extrait d'acte de naissance, daté de 1984. Et sous la rubrique père inconnu, Un nom griffonné à l'encre noire : Georges Rochefort.

Elle fit un pas en arrière. Dans le regard de Georges, lourd de silence, Zoé lut le poids d'un secret trop longtemps enfoui.

« Tu as le droit de savoir. Mais es-tu prête à comprendre ? »

Chapitre 11

— L'éveil

Cette nuit-là, Zoé ne dormit pas. Elle relut les papiers, le carnet, les lettres, la cassette. Tout semblait s'aligner sur une vérité impossible : sa mère ne l'avait pas abandonnée. Elle l'avait cachée. De lui. De quelque chose.

À 3h12, une migraine atroce la réveilla en sursaut. Elle crut entendre un bourdonnement, comme un chœur ancien derrière les murs. Ses mains tremblaient. Ses pensées s'emballaient.

Dans un semi-délire, elle se leva, descendit au cellier, et alluma la lampe torche. Le secrétaire était toujours là. Et, cette fois, ouvert.

À l'intérieur : des feuillets couverts de symboles, des pages manuscrites, et une carte du village… marquée de croix rouges sur des lieux précis : l'église, la serre, la maison Durand, la forêt des Roches.

Et, tout en bas, une phrase :

"Quand la lignée s'éveille, les Veilleurs se regroupent."

Son souffle se coupa net. Il ne s'agissait plus simplement d'un passé trouble. Quelqu'un, ou quelque chose, l'attendait encore.

Chapitre 11 — Infiltration

Minuit trente. Zoé dormait, un sommeil agité, son carnet noir posé contre sa poitrine. Dans l'ombre de sa chambre, Elias Frost entra sans bruit. Il ne franchit pas la porte. Il surgit — comme si l'espace lui-même avait cédé à sa volonté.

Il s'assit près d'elle, sortit u petit boîtier métallique et le posa sur le front de Zoé. Une pulsation bleue jaillit. Les paupières de Zoé frémirent.

"Entrée mémoire amorcée. Codex : Montbrac primaire."

Soudain, Elias fut en elle.

Il vit les champs embrumés de Montbrac, les silhouettes des femmes en cercle, l'incendie, la marque rouge sur la nuque. Mais il vit aussi quelque chose qu'il ne s'attendait pas à voir :

Une pièce qu'il ne reconnaissait pas. Blanche. Nue. Avec… une version de lui-même, plus jeune, effrayée. Menottée à un miroir.

Il recula, paniqué.

En sursaut Zoé se redressa.

Le contact était rompu.

Mais leurs esprits, même brièvement liés,

avaient laissé des traces dans les deux corps.

Chapitre 12

— Résurgence

Le lendemain, Zoé se sentit différente. Elle entendait des bribes de pensée, comme des fragments étrangers flottant en elle.

Et puis une vision : Elias, enfant, interné dans une institution au nord de la Suède. Des médecins en blouse. Des tests. Et ce mot : projet SPÄGEL — le miroir.

Elle comprit. Elias n'était pas seulement un observateur. Il avait été un porteur. Peut-être le premier.

Mais pourquoi l'avoir effacée de ses souvenirs□? Pourquoi ce projet□?

Elle se leva d'un bond. Une idée venait de naître : et si la clé n'était pas à trouver hors d'elle, mais dans ses souvenirs trafiqués□?

Elle ouvrit le carnet noir et traça une spirale. Une forme lui apparut — non écrite, mais gravée au creux de son esprit.

Une voix, cette fois bien à elle, murmura :

"Tu ne dois pas récupérer la mémoire. Tu dois la reconstruire."

Chapitre 12

Chapitre 13

SPÄGEL

Elle trouva la trace du projet dans une archive suédoise classée “sans diffusion”. Une ligne parmi des centaines, camouflée dans un rapport de l’hôpital Saint-Erik, daté de 1987.

“SPÄGEL – expérimentation sur l’amplification d’impressions mnésiques dormantes par catalyse sonore et fractale. Cas test : sujet E.F. (âge : 7 ans). Résultat : instabilité structurale. Fuite.”

E.F. — Elias Frost. Il avait été cobaye. Pire : créé pour contenir une forme de mémoire partagée.

Son cœur chavira — ce qu’elle vivait dépassée les frontières de la lignée. Zoé le comprit d’un coup, avec une clarté presque douloureuse. D’autres, ailleurs, avaient tenté de reproduire le Don. Et Elias… était peut-être un porteur inversé.

Le carnet noir vibrait entre ses doigts. Elle le savait désormais : si elle voulait comprendre ce que le Miroir dissimulait, elle devrait entrer dans la mémoire d’Elias.

Chapitre 14

— Liaison

Ce soir-là, elle laissa volontairement la fenêtre entre-ouverte. Il arriva comme prévu sans rencontrer de difficultés pour passer. Elias vit Zoé assise dans l'ombre, l'attendant.

« Tu veux que j'entre encore ? » demanda-t-il, presque inquiet.

Elle hocha la tête.

« Non. Nous allons y aller ensemble. »

Ils posèrent chacun une main sur le carnet. Une onde jaillit.

Tout devint silence.

Et lorsqu'ils rouvrirent les yeux… ils n'étaient plus à Stockholm.

Ils étaient dans un long couloir d'orphelinat, jonché de jouets brisés.

Un couloir qu'Elias n'avait pas visité depuis des décennies.

Et qu'il n'avait jamais montré à personne.

Chapitre 15

— L'orphelinat

Le couloir s'étirait à l'infini. Les jouets au sol semblaient bouger à peine, comme poussés par un souffle invisible. Elias et Zoé marchaient côte à côte, en silence. Ce qu'ils voyaient n'était pas une projection : c'était une mémoire brute, instable, qui pouvait changer à tout moment.

Un dessin sur le mur. Un enfant, seul, au centre d'une spirale. Du sang rouge crayonné autour. Elias trembla.

« C'est ici qu'ils ont testé les premières interfaces », murmura-t-il. « Ils enregistraient nos rêves. On nous appelait… les porteurs-fentes. »

Ils ouvrirent une porte. À l'intérieur, une salle froide. Cinq lits. Figés, les enfants semblaient irréels, leurs visages brouillés par le temps. Et soudain, elle en reconnut un — Zoé vit Georges, plus jeune, presque spectral. Elle chancela, prise de vertige.

"Même à Montbrac, on ne t'a pas tout dit." Dit Elias, d'une voix blanche.

Chapitre 16

— Chambre 6

Au fond du couloir, une porte différente. Numérotée “6”, elle semblait respirer.

Il approcha la main, et aussitôt, Elias sentit le bois vibrer tandis que sa peau se couvrait de givre.

Sans un mot, elle plaça sa paume sur la sienne. Zoé sentit alors la température s’équilibrer, et la porte s’ouvrit dans un souffle glacial.

La chambre était minuscule. Un lit de fer. Une table. Et une immense fresque murale, peinte par un enfant. Elle représentait un œil… ouvert à l’intérieur d’un autre œil. Et au centre : une silhouette féminine dans une robe rouge, tenant un sablier brisé.

Elias s’approcha. Il se mit à trembler.

« Je n’ai aucun souvenir de l’avoir peinte, » murmura-t-il, les yeux toujours fixés sur la toile.

> D’une voix douce, Zoé leva les yeux vers lui.

« Ce n’est pas toi qui l’as faite… c’est moi. »

Un courant d'air glacé balaya la pièce. Et dans un murmure venu de nulle part, une voix dite :

"Vous êtes entrés trop profondément. Sortez avant de ne plus savoir qui vous êtes."

Chapitre 17

— Le troisième

La pièce se mit à trembler.

Pas physiquement — mais dans leurs esprits. Les contours de l'orphelinat ondulaient, se fissuraient. Zoé et Elias s'échangèrent un regard : quelqu'un d'autre était là.

Une présence. Un écho. Une conscience.

Ils sortirent de la chambre 6 à reculons, mais le couloir s'était rétréci. Les murs, désormais couverts de symboles inversés, pulsaient lentement, comme une respiration.

Puis la voix revint, cette fois plus nette.

"Il fallait deux esprits pour ouvrir le seuil.

Et trois pour le refermer."

Un miroir apparut au bout du couloir — noir, opaque. Et dans son reflet, une silhouette d'enfant. Ni fille, ni garçon. Yeux blancs.

Mains tendues.

Il recula d'un pas, le souffle court. Elias fixait la silhouette avec stupeur. « Je le connais… C'est le tout premier. Celui qu'ils n'ont jamais pu effacer. Ils l'ont enfermé dans la boucle. »

« Et nous venons de la réactiver », murmura-t-elle dans un souffle à peine audible.

>

Chapitre 18

— Boucle

> La boucle se referma.

> Les repères s'effondraient : Zoé tenta de se souvenir — de son prénom, de son âge, de sa mère — mais tout glissait, se fragmentait dans le néant.

> À quelques pas de là, Elias se couvrit les oreilles. Ce qu'il entendait ne venait ni de lui, ni de Zoé : des voix anciennes, étranglées, parlant un suédois oublié, ponctué de cris d'enfants.

Le miroir noir s'ouvrit dans un craquement.

Ils virent alors une salle blanche — plus grande, plus ancienne. Des dizaines de corps, allongés dans des lits. Reliés par des fils. Tous… dans une forme de sommeil profond.

Elle posa une main sur la paroi du miroir. Le froid du verre ne la fit pas frémir. Zoé restait immobile, concentrée.

« Ce n'est pas une boucle. C'est un centre. »

Ses mots flottaient entre elle et le reflet, comme une équation qui se révélait enfin. Une mémoire collective artificielle. »

Elias se mit à trembler. « Et certains y sont encore connectés. Depuis des années. Voire… depuis Montbrac.

Elias se mit à trembler. « Et certains y sont encore connectés. Depuis des années. Voire... depuis Montbrac. » Ses paroles vibrèrent dans l'air comme une révélation oubliée, une pièce de puzzle enfin retrouvée. Zoé, toujours immobile devant le miroir, sentit son souffle se suspendre.

Une lueur, fine et insidieuse, pulsa dans les profondeurs du verre. Ce n'était pas simplement un centre, ni une construction artificielle.

C'était un lieu où le passé et le présent se chevauchaient, un espace où les âmes égarées devenaient des fragments d'un réseau plus vaste.

« Ces fils, ils ne servent pas qu'à contenir », murmura-t-elle. Une intuition, froide et tranchante, s'insinuait en elle. « Ils collectent. Ils préservent. Peut-être même qu'ils amplifient ce qu'ils piègent. »

À quelques pas derrière elle, Elias, les mains tremblantes, fixait les reflets dans le verre sombre. Ses yeux s'écarquillèrent lorsqu'il perçut, dans les ombres mouvantes, une silhouette qui semblait surveiller les deux intrus. « Zoé… ce n'est pas qu'un centre, c'est… c'est une prison. »

Toujours immobile devant le miroir, Zoé, sentait son esprit s'embraser d'intuitions nouvelles. Les fils et les lumières semblaient lui murmurer des secrets enfouis, tissant une toile complexe

de souvenirs et de présences. « Ce lieu… il ne se contente pas de collecter, » murmura-t-elle finalement. « Il façonne. Il recrée. Il détruit. »

Dans les reflets du miroir noir, une forme indistincte émergeait, une silhouette qui semblait à la fois humaine et spectrale.

Elle s'approcha lentement, ses mouvements empreints d'une gravité silencieuse. Zoé, désormais visible, fixa la scène avec une intensité contenue, comme absorbée par une vérité qu'elle peinait à formuler.»

Un des visages endormis tourna lentement la tête. C'était Élise.

Chapitre 19

— Le noyau

Le visage d'Élise, endormie, demeurait immobile. Ses paupières frémissaient à peine, tandis que des filaments translucides la reliaient à un dôme de lumière bleue, pulsant faiblement.

Sans bruit, Zoé s'en approcha, comme retenue par la gravité muette de cette vision irréelle.

À quelques mètres de là, figé dans l'ombre, Elias fixait une autre silhouette — une présence qu'il n'osait encore nommer.

« Elle aussi… », souffla-t-il.

C'était sa mère. Ou du moins, un simulacre suspendu dans la même stase.

Ce n'était pas un souvenir. Zoé comprit, d'un frisson ancré dans la nuque : cette chambre était en train de se produire.

C'était une base de données vivante. Un espace liminal construit pour contenir les esprits « trop riches », ceux dont la mémoire menaçait de contaminer le réel.

"Ils ont enfermé nos mères pour qu'elles ne rêvent plus."

Elle s'approcha du dôme. Un mot venait sans qu'elle sache d'où :

Déconnexion. Mais au moment où sa main toucha la paroi, une onde blanche les traversa. Les yeux d'Élise s'ouvrirent.

Chapitre 20

— Ce qui veille

Les murs changèrent. D'un instant à l'autre, la salle devint plus vaste, plus sombre. Zoé fut séparée d'Elias. Le miroir noir réapparut — mais cette fois, c'était elle qui s'y reflétait… ou presque.

Dans le verre, une autre version d'elle-même. Plus âgée. Marquée. Silencieuse. Tenant un carnet — mais pas le sien.

Elle s'approcha. Toucha la surface.

Le reflet parla.

> "Tu crois que le Don est un héritage. C'est une contagion."

> "Ce qui veille ne dort jamais. Et ce que tu réveilles finit par veiller en toi."

Puis le miroir se brisa.

Le sol s'effondra.

Et Zoé tomba… non pas dans le vide,

mais dans un souvenir qu'elle n'avait jamais vécu.

Chapitre 21

— L'oubli d'un autre

Un décor impossible.

Une salle de classe, années 60. Pupitres en bois verni.

Une odeur de craie et d'amidon. Tout semblait irréel.

Puis, au centre de cette scène dissonante, Zoé apparut brusquement, comme projetée là par une force étrangère — mais ce n'était pas vraiment elle.

Les murs changeaient de couleur à chaque clignement d'yeux. Bleu. Puis sépia. Puis un vert maladif.

Le tableau noir, au fond, vibrait lentement, enregistrant ce qui semblait être ses pensées.

Ce souvenir n'était pas le sien.

Les élèves sont silencieux. Au tableau, une femme écrite de la main gauche — rapidement, nerveusement. Chaque mot qu'elle trace s'efface aussitôt. Puis elle se retourne. C'est Zoé. Ou une version brisée d'elle-même, plus jeune, les yeux vides.

La voix qui commente est intérieure : “Tu t’es déjà vécue plusieurs fois. Tu portes les strates des autres. Ce souvenir est un éclat d’un porteur oublié… ou effacé.”

Elle tend la main. Le carnet noir y apparaît, et à la première page, un nouveau nom se dessine tout seul :

Nina D.

Quand elle ouvre les yeux, elle est allongée dans sa chambre à Stockholm. Le carnet saigne.

Chapitre 22

— Élise (voix de l'intérieur)

Stase 1 : 664 jours.

Le corps ne bouge pas, mais l'esprit est actif. Fragmenté.

L'aube de Montbrac revient, diffuse et tiède. La serre. La main de Georges. La naissance.

La fuite. Pour Élise Durand, tout s'entrelace, s'enroule comme un ruban que l'on n'arrive plus à démêler.

Un flux mémoriel en boucle lente, presque hypnotique.

Elle se souvient avoir accepté l'endormissement volontaire. Pour fuir ? Non. Pour protéger. Car elle savait que ce que les Disciples du Miroir cherchaient… ce n'était pas son souvenir. C'était la structure du Don.

"J'ai figé ma mémoire dans une crypte temporelle. Pour qu'ils ne puissent pas la cartographier."

Mais depuis peu, elle entend des pas. Des voix. Un lien.

Zoé est là.

Elle se redresse dans la lumière mentale.

L'espace autour d'elle se fissure.

Le don n'est plus à protéger. Il est à transmettre, autrement.

Chapitre 23

— Réveil

Elle n'a pas rêvé.

Quand Zoé se redresse dans sa chambre, le carnet noir repose toujours sur son torse. Mais une ligne y est apparue, toute seule, en lettres fines :

"Tu m'as trouvée. Laisse-moi sortir."

Sans réfléchir, elle ferme les yeux. Concentre sa respiration.

Et murmure un mot que seule sa lignée connaît.

Une onde chaude traverse la pièce. L'air vibre comme du verre sous tension. Le miroir au-dessus de la cheminée se couvre de givre — puis de lumière.

Un battement.

Un autre.

Et soudain, Élise est là. Pas dans un reflet. Pas dans un souvenir. Vraie. Fatiguée. Debout. Vivante.

Elle tend la main. Élise la saisit. Pas une parole.

> Mais entre Zoé et elle, tout a été dit.

Chapitre 24

— Ce que l'on transmet

Quelques jours plus tard, elles se tiennent sur une jetée de l'archipel suédois. Le vent est glacé, mais le ciel, d'un bleu lumineux.

Elle raconte. Tout. SPÄGEL. Les tests. Sa décision de se laisser enfermer. Le rôle de Georges. Et surtout : le vrai but des Veilleurs du Miroir.

> Pour Élise, il n'y a plus rien à cacher.

"Ce n'est pas de surveiller les porteurs. C'est de maintenir la mémoire dans l'ombre. De choisir ce que le monde a le droit d'oublier."

Les yeux de Zoé se baissent « Et maintenant□? »

> Une main se pose sur son épaule — celle d'Élise. « Maintenant tu as vu. Tu sais. Et tu dois choisir ton camp. »

Au loin, une silhouette les observe depuis l'eau, sur un canot à moteur. Elias.

Il sourit.

Et cette fois, il semble avoir choisi le même camp.

Chapitre 24

Chapitre 25

— Le réseau oublié

Stockholm, une semaine plus tard.

Elles n'étaient plus surveillées. Pour la première fois, Zoé et Élise sentaient le silence autour d'elles comme un espace ouvert.

> Non loin, Elias observait sans un mot — comme s'il orchestrait, à distance, cette nouvelle liberté.

À son initiative, un disque crypté leur parvint — un extrait de données anciennes, récupérées dans un miroir "mort" retrouvé à Kyoto.

Une note y était jointe :

"Le réseau SPÄGEL n'a jamais été européen. Il avait des racines bien plus profondes."

La vidéo était granuleuse. On y voyait un enfant japonais réciter des chiffres face à un miroir noir suspendu dans une salle blanche.

Puis l'image se brouillait. Mais avant le bruit blanc final,

une date s'affichait :

1983 — Tokyo, Institut Satori.

Élise pâlit.

« C'était le programme sœur.

Le nôtre n'était qu'un test secondaire. »

Chapitre 26

— Initiation

Trois semaines plus tard, ils étaient à Tokyo.

Plus pâle, étrangement nerveux, Elias évitait leur regard, comme s'il redoutait ce qui allait suivre. Il les mena dans un sous-sol oublié sous le quartier de Shinjuku. Une salle verrouillée par un système à reconnaissance olfactive — relié à une ancienne essence d'encre végétale utilisée pour sceller les mémoires.

À l'intérieur, une immense fresque couvrait les murs : des lignes rouges serpentant d'un continent à l'autre, entrecoupées de symboles identiques à ceux de Montbrac.

Au centre, une inscription :

"Ce que l'Europe oublie, l'Asie conserve. Ce que vous avez déverrouillé, nous l'avons nourri."

Un fichier audio était joint.

Une voix d'enfant chuchotait en japonais — et Zoé la comprenait. Comme si le miroir en elle s'était alignée sur une fréquence ancienne.

"Le réseau n'a jamais cessé. Il a simplement cessé d'être vu."

Chapitre 27

— Kyoto, sanctuaire miroir

Ils prirent un train pour Kyoto, guidés par un contact d'Elias : une archiviste de la fondation Satori. Son nom : Nao Mizuki. Silencieuse, vêtue d'une veste anthracite, elle les mena à travers un enchevêtrement de ruelles avant d'ouvrir une porte de métal camouflée dans un mur de bambous.

À l'intérieur, un sanctuaire. Pas religieux. Mémoriel.

Des murs de verre dépoli, des encens éteints, et au centre : une colonne de jade poli, cerclée de miroirs taillés à la main. L'un d'eux vibrait légèrement. Comme s'il reconnaissait quelque chose.

Nao parla doucement :

« Ce que vous appelez "Don" est ici une fracture ancienne, transmise depuis les guerres de mémoire du XVIIe siècle. Vous êtes porteuse d'un écho. Et il a déjà franchi nos seuils. »

Elle leur tendit une lettre scellée, datée de 1995. Signée d'une initiale familière : "Z."

Zoé pâlit. Ce n'était pas elle — mais quelqu'un qui portait son empreinte.

Chapitre 28

— L'héritière fantôme

La lettre parlait d'une femme française, apparue à Kyoto en 1995, affirmant "porter la mémoire d'un village disparu". Elle disait s'appeler Zoé Durand.

Mais ce n'était pas cette Zoé.

Elle montra une photo, tirée d'un ancien article japonais : une femme brune, au regard fixe. Nao gardait les yeux rivés sur l'image, comme si elle y cherchait encore quelque chose.

Cheveux courts, robe rouge. Le regard identique. Même signature nerveuse. Elle n'était pas un double. Elle était un brouillage temporel.

Elle prit Zoé à part, le ton grave, presque inquiet.

« C'est peut-être une projection… ou une trace d'un futur refoulé. Tu as vu la boucle à Stockholm. Et si certaines boucles… s'étaient échappées□? »

Dans un souffle, la voix de Nao s'éleva, comme si elle redoutait d'achever sa pensée.

« Nous avons toujours cru qu'un seul miroir était actif. »

Mais depuis l'éveil de Montbrac, d'autres se sont mis à vibrer. Et une nouvelle veine est apparue.

À Oaxaca, au Mexique. Et là-bas… les souvenirs ne reviennent pas. Ils réécrivent. »

Chapitre 29

— Les plis du temps

Alors que, Zoé et Élise déambulaient à travers les couloirs du sanctuaire Satori, guidé par Nao jusqu'à une salle annexe. : Une bibliothèque circulaire, sans fenêtre, où chaque étagère ne ne contenait pas des livres… mais des souvenirs encapsulés.

Des boîtes, toutes marquées d'un idéogramme

— différent selon l'origine du souvenir.

Murmura Nao :

« Ici, nous archivons les écarts. Les interférences.

Les souvenirs "errants" que personne ne réclame. »

Elle tendit à Zoé une boîte scellée par une ficelle rouge.

Sur le couvercle, un seul mot : Zoé 95.

La boîte vibra au contact de sa main.

Elle l'ouvrit. À l'intérieur : une mèche de cheveux.

Une photo de temple enneigé. Et une page couverte d'écritures… dans sa propre main. Mais chaque phrase semblait écrite en miroir.

Sur l'épaule de sa fille, Élise posa la main.

« Ce n'est pas une autre toi. C'est une boucle restée active. Elle a laissé un fragment ici. »

Et Nao ajouta, grave :

« Tant que cette boucle n'est pas refermée, d'autres peuvent… entrer. »

Chapitre 30

— La nouvelle vibration

Cette nuit-là, dans une ruelle de Kyoto, un miroir mural — vestige d'un ancien théâtre abandonné — se mit à vibrer.

Un adolescent s'approcha. Japonais. Quinze, seize ans.

Il portait des écouteurs, mais semblait… attiré. Il tendit la main.

Et lorsqu'il toucha le verre, un souffle le traversa. Il vit un champ

de coquelicots, une maison en pierre, un nom : Montbrac.

Le garçon cligna des yeux. Puis murmura :

« Je crois… que je me souviens d'un endroit

où je ne suis jamais

allé. »

Il s'appelait Ren.

Chapitre 31

— Ce que voit Ren

Cette nuit-là Ren, ne dormit pas,

Il rêva d'un jardin rempli de pierres levées, d'une langue qu'il comprenait sans l'avoir jamais entendue. Le matin, il dessina compulsivement un symbole : un œil inversé dans une spirale, exactement celui vu sur la fresque du sanctuaire de Satori.

Sa mère, inquiète, lui demanda d'où venait ce gribouillage.

Il ne sut quoi répondre.

Mais au lycée, devant la fenêtre, il aperçut Nao Mizuki, l'archiviste, en bas, de l'autre côté de la rue. Elle le fixait. Et sur la vitre embuée, un mot avait été tracé de l'extérieur :

"Tu portes l'empreinte. Ils viendront bientôt."

— Quelque chose, enfoui, ancien et vibrant,

venait de s'allumer en Ren.

Chapitre 32

— Oaxaca : Les souvenirs qui réécrivent

Pendant ce temps, Zoé, Élise et Elias atterrissaient à Oaxaca, au sud du Mexique, guidés par une correspondance codée envoyée par un certain “Diego V.”, archiviste du musée Benito Juarez.

Mais l’ambiance n’avait plus rien de conservatrice : le musée était désormais un centre de “Mémoire ouverte”, un lieu où des témoins venaient confier des souvenirs « modifiés ».

Elle fut frappée Zoé. Ici, des gens racontaient avoir vécu des événements qui ne se sont jamais produits

— mais dont ils gardaient les cicatrices.

Un homme calme au regard perçant Diégo, leur dit :

“Ici, les miroirs ne renvoient pas le passé. Ils proposent des alternatives.

Nous appelons ça : les dérives."

Il leur tendit alors une carte. Douze lieux, douze reflets. Mais un seul était encerclé : Monte Alban, l'ancienne cité zapotèque sur la colline.

Et la note disait simplement :

"C'est là que tout a commencé. Et là que le futur s'écrira à nouveau."

Chapitre 33

— Ren, nuit zéro

Kyoto, 04h04.

Depuis trois nuits, Ren ne dormait plus. Sa peau semblait électrique. Les miroirs de l'appartement grésillaient à son passage. Il entendait des voix, parfois en français, parfois dans une langue ancienne qu'il reconnaissait… sans la comprendre.

Il avait été convoqué par Nao Mizuki, dans un sanctuaire souterrain. Là, elle lui montra un miroir plus petit, noir mat, cerclé de cuivre.

« Pose ta main dessus », dit-elle.

Il obéit.

Une onde sourde le parcourut. Son esprit vacilla. Et il vit : une maison en pierre, un carnet brûlé, un nom gravé sur un arbre : Zoé.

Il pleura sans savoir pourquoi.

Le murmure était à peine perceptible, comme si la salle elle-même retenait son souffle. Ce miroir te relie à une mémoire ancienne, glissa Nao, mais tu n'es pas là pour la subir.

Tu es là pour l'écrire différemment.

Chapitre 34

— Monte Alban, suite

Le vent caressait doucement les hauteurs sacrées de Monte Alban, porteur d'un murmure ancestral. Diego, absorbé par ses pensées, semblait captivé par la lumière qui dansait sur les fragments de pierre. Zoé, elle, fixait toujours ce miroir transparent, cherchant à déchiffrer ce qu'elle voyait au-delà de sa surface. Ren, malgré la distance, semblait si proche, comme si une fine brume séparait leurs existences.

Élise s'approcha du miroir avec prudence, ses doigts effleurant l'encadrement gravé. « Ce n'est pas seulement une vitre entre deux temps, murmura-t-elle. C'est un passage. »

Le miroir vibra, subtilement au début, puis de façon plus marquée. Les gravures sur les murs autour d'eux se mirent à scintiller faiblement. Elias, comme figé, observa l'ensemble du sanctuaire avec une fascination mêlée de crainte. « Nous ne devrions pas être ici », dit-il d'une voix basse, presque inaudible.

Soudain, un éclat de lumière jaillit du miroir, projetant des ombres mouvantes sur les pierres environnantes. Zoé sentit une chaleur étrange sur sa paume — le sablier inversé brillait à nouveau. Diego recula d'un pas, sa respiration s'accélérant. « C'est un appel, mais pas seulement pour nous », dit-il, sa voix teintée d'une urgence qu'il ne parvenait pas à contenir.

La pièce semblait vivante, imprégnée d'une énergie qui transcendait le tangible. Ils étaient là, réunis, non pas par hasard, mais par une volonté qui dépassait leurs propres intentions. Et pourtant, aucun d'eux ne savait ce que cette présence leur réservait.

Les ombres s'étirèrent encore, une silhouette indistincte commençant à se former dans le miroir. Zoé fixa cette apparition, son cœur battant à tout rompre. Elle comprit qu'ils n'étaient pas seuls.

Quelqu'un, ou quelque chose, les observait
— une entité reliée à ces fragments, à ces souvenirs réécrits,
à cette histoire en devenir.
Le sablier inversé brillait plus intensément. Et dans le silence
vibrant, une voix — douce, mais résonnante — s'éleva :
« Écrivez. Écrivez ce qui n'a jamais été écrit. »
Diego, les yeux écarquillés, murmura alors ce que tous
semblaient avoir pressenti :
« Le miroir ne montre pas seulement. Il crée. »

Chapitre 35

— Contact

La vibration du miroir semblait résonner dans l'air, comme une note suspendue. Zoé s'approcha d'un pas lent, son souffle se coupant face à l'intensité de cet appel silencieux. Elle tendit la main, hésitante, sans jamais entrer en contact direct. À travers la surface miroitante, elle sentit une présence, une force qui cherchait à franchir les frontières invisibles.

À Kyoto, Ren sursauta dans son sommeil, ses doigts se resserrant autour du miroir noir. Ses contours vibraient en harmonie avec un écho lointain, presque cosmique. Les ombres dans sa chambre s'étiraient imperceptiblement, comme pour accueillir une nouvelle réalité.

L'instant fut fugace mais transcendant. Zoé et Ren, séparés par des milliers de kilomètres, se virent. Non pas avec leurs yeux, mais avec une clarté intérieure. Leur connexion, bien qu'éphémère, laissa une empreinte indélébile. Ils n'avaient pas besoin de mots — leur compréhension allait au-delà du langage.

Quand cette liaison se dissipa, une marque subsista, gravée sur leurs paumes : un sablier inversé, scintillant timidement sous la lumière. Confuse mais déterminée,

Zoé, sentit que leur destin était désormais entrelacé. Ren, dans la solitude de sa chambre, comprit enfin que ses visions étaient un prélude à quelque chose de plus grand.

Ils étaient liés, non pas par un hasard cruel, mais par une histoire en train de se créer — un récit que le miroir et le sablier semblaient vouloir écrire à leur insu.

Chapitre 36

Les doigts d'Élise, imprégnés d'encre et d'une tension presque palpable, parcouraient les pages avec une lenteur calculée. Entre les lignes, elle distinguait un tracé ancien, comme une cartographie laissée à moitié effacée par le temps. Ce carnet noir, un objet devenu entité, semblait vouloir révéler quelque chose d'insaisissable. Elias, debout à quelques pas, observait en silence. Son regard se perdait dans les dessins, les mots griffonnés à la hâte, mais il ne commentait rien, comme s'il craignait de déranger une mécanique fragile.

À mesure que les pages vibraient sous ses doigts, Élise murmura : « Ces fragments… Ils ne sont pas simplement des souvenirs. Ils veulent nous dire quelque chose. » Son ton était empreint d'une urgence réprimée, une voix qui cherchait à traduire l'invisible.

Un éclat métallique résonna lorsque Diego posa délicatement un fragment de miroir sur la table. Les reflets dans la pièce oscillèrent étrangement. « Ce n'est pas un objet », dit-il pensivement. « C'est une clé. Mais pas pour ouvrir… plutôt pour écrire. »

Le silence autour de Ren, qui continuait à écrire frénétiquement, n'était pas un silence de calme, mais celui d'un orage contenu. Chaque mot gravé semblait s'imbriquer dans un récit qu'aucun d'eux ne comprenait encore. Et au centre de tout,

le symbole du ♀ pulsait faiblement. Diego, la voix calme mais grave, rompit enfin le silence. « Ce carnet, ces fragments… Ce n'est pas un guide. C'est une pièce de théâtre, et nous sommes déjà sur scène. »

Chapitre 37

— La porte ⚲

Les bruits de pas résonnaient encore dans le couloir vide lorsque la résonance du ⚲ se fit sentir, non pas dans l'air, mais dans les pensées de Ren. Le sablier et les fragments des miroirs semblaient exercer une gravité sur son esprit, un appel à revenir, à déchiffrer ce qu'il avait entrevu. Pourtant, une ombre s'étira hors de la porte, une silhouette indistincte qui portait en elle l'écho de toutes les voix du passé.

Dans un souffle, Élise surgit à ses côtés, le regard fixé sur la porte désormais béante. Ses doigts, encore maculés de l'encre de ses recherches, effleurèrent l'encadrement comme pour en sonder l'énergie résiduelle. Une voix douce, mais empreinte d'urgence, murmura à Ren qu'ils n'étaient plus seuls. Derrière eux, le grincement des pas de Diego se fit entendre, accompagné par un éclat métallique, signe qu'il portait le fragment récupéré plus tôt.

L'espace autour d'eux vibra, comme si le couloir lui-même hésitait à contenir la force libérée. Élise posa une main ferme sur l'épaule de Ren, ses mots graves traversant le bourdonnement : « Cette porte n'a pas seulement laissé quelque chose s'échapper. Elle a créé un pont… ou une fracture. Nous devons choisir maintenant. »

Diego, tout en fixant les miroirs qui avaient commencé à refléter des images mouvantes de Kyoto, murmura d'un ton pensif : « Ce qui est devant nous n'est peut-être pas un lieu... mais un récit en train de naître. Une pièce que quelqu'un écrit, et nous sommes les seuls à pouvoir en saisir la plume. »

Les miroirs brisés autour d'eux commencèrent à s'illuminer, chacun montrant un fragment de l'avenir, des éclats d'actions possibles. Une image montrait le sanctuaire Satori, où Nao semblait les attendre,

ses mains tendues vers un autre fragment. Une autre dévoilait des rues plongées dans une obscurité perlée de lumières tremblantes, où Zoé faisait face à une nouvelle porte. Et au centre de toutes ces visions, le ⚲ pulsait, vivant, menaçant.

Une décision devait être prise, mais chaque réflexion semblait s'étirer en un labyrinthe d'incertitudes. Ren inspira profondément et tendit la main vers Élise, cherchant une assurance, tandis que Diego, déjà sur le seuil, fixait l'horizon au-delà de la porte,

là où tout semblait converger.

Chapitre 38

— Convergence à Kyoto

Quand Zoé sentit la fracture vibrer dans ses os, elle sut que Ren l'avait déclenchée. À Monte Alban, le miroir transparent clignotait d'inquiétude ; à Oaxaca, Diego confirmait qu'une faille temporelle avait été ouverte ; à Stockholm, Élise et Elias recalibraient la balance.

Tous trois firent route vers Kyoto. Nao les attendait dans le sanctuaire Satori. Elle leur montra le mur de verre brisé : des éclats étaient partis vers la ville, laissant derrière eux un réseau de fissures. Chaque éclat portait en filigrane le ♀.

Fouillant dans sa poche Zoé en sortit un fragment de miroir pris à Monte Alban : le reflet de Ren apparaissait entre ses doigts. Elle inspira profondément ; la marque de l'œil inversé pulsa sur sa paume.

« Il a franchi la porte des porteurs-fentes, » murmura Elias.

« Alors nous aussi, » répondit Zoé.

Ils s'élancèrent hors du sanctuaire, Nao sur leurs talons. Dans l'obscurité vibrante des rues de Kyoto, les lanternes scintillaient doucement, jetant des ombres tremblantes sur les pavés. Devant l'école, Ren était là, adossé à un mur couvert de graffitis marqués du symbole ⚲. Son visage, éclairé par une lumière vacillante, exprimait une peur mêlée à une fragile détermination.

D'un geste précis, Zoé prit le fragment de verre récupéré à Monte Alban et le posa délicatement sur le sol. Le miroir sembla frémir, et peu à peu, son éclat se transforma en une lame cristalline, gravée du symbole mystérieux. Elle la souleva, sa main tremblante légèrement sous le poids de l'énergie émanant du fragment, et la dirigea vers une porte massive qui s'était matérialisée dans la nuit. La porte semblait respirer, son cadre de bois usé palpitant comme une entité vivante.

Malgré son souffle court Ren, et la tension visible dans ses épaules, s'avança et croisa le regard de Zoé. Dans ses yeux, il trouva la force de vaincre sa peur. Ensemble, leurs mouvements synchronisés, ils insérèrent la lame dans le cadre de la porte. Une onde puissante les enveloppa alors, transportant une multitude de sons et d'images : des voix murmurantes, des souvenirs éclatants et des fragments de réalité se réunissant dans une danse éthérée.

Le vent se leva brusquement, chargé de l'odeur du bois ancien et du sable brûlé. Les miroirs brisés autour d'eux commencèrent à vibrer, émettant une lumière scintillante qui pulsait comme un cœur battant. Les fissures dans le monde, visibles comme des cicatrices sombres, commencèrent à se refermer lentement, aspirées par le vortex créé par la porte. Puis, dans un dernier souffle, la porte disparut, avalée par un écho résonnant de verre brisé.

Epuisé, Ren, s'effondra dans les bras de Zoé, sa respiration haletante contre son épaule. Le poids de sa quête semblait s'être allégé d'un coup, mais son regard perdu laissait entrevoir les vestiges des souvenirs qui continuaient de hanter son esprit. Elle le sera contre elle, son propre cœur battant à un rythme effréné. Élise et Elias, à quelques pas, ramassèrent le fragment final du miroir et le scellèrent dans une boîte ornée de glyphes anciens.

Au-dessus d'eux, les lanternes frémirent encore, comme pour accompagner la conclusion de ce cycle énigmatique. Pourtant, dans le silence qui suivit, une vérité subtile persistait : bien que la porte soit fermée, les éclats de mémoire continuaient de murmurer, leur écho se propageant au-delà des miroirs, promettant d'autres mystères à venir. Nous partons à Laube.

Chapitre 39

— Les échos du monde

Le lendemain, à l'aube, un silence profond enveloppait les collines d'Oaxaca alors que l'équipe approchait les ruines. La lumière dorée du soleil se reflétait sur les pierres anciennes, illuminant les glyphes gravés qui semblaient chuchoter des histoires oubliées.

Guidés par Ren, ils progressèrent lentement, leurs pas résonnant sur les dalles de pierre. Diego, le gardien du site, les attendait à l'entrée du temple nord, tenant une lampe à huile vacillante.

« Vous sentez ça ? » murmura Zoé, sa paume effleurant une colonne ornée de motifs complexes. Une vibration ténue émanait des gravures, presque imperceptible, mais lourde de puissance.

Diego acquiesça. « Le portail est proche. Mais soyez prudents, il peut encore y avoir des distorsions. »

Ils contournèrent la base du temple, l'air chargé d'une tension palpable. La trappe dissimulée apparut enfin, recouverte de mousse et à moitié enfouie sous des débris. Elias la dégagea avec précaution, révélant l'escalier de pierre s'enfonçant dans l'obscurité.

Chacun descendit en silence, les pulsations des énergies autour d'eux s'intensifiant à chaque marche. Au bas des escaliers, le bassin asséché se dévoila dans toute sa majesté austère. Le grand miroir ovale semblait presque aspirer la lumière, et les offrandes autour de lui vibraient d'une vie discrète, comme si elles attendaient ce moment depuis des siècles.

S'approcha du centre, Zoé tenait le fragment de Kyoto fermement. Ren, à ses côtés, déposa la lame de Monte Alban sur le cadre du miroir, ses doigts traçant instinctivement le symbole gravé dans sa mémoire. Une tension monta dans l'air, comme si le temps lui-même retenait son souffle.

« Ensemble, » murmura Ren, ses yeux fixant ceux de Zoé.

D'un geste précis, elle récita la formule héritée des Durand une seconde fois, lançant le dernier acte de leur quête. Le grondement du miroir commença, profond et omniprésent, tandis qu'une lueur bleutée se propageait sur la surface, annonçant le moment final où tout s'apprêterait à basculer.

Chapitre 40

— Les dérives scellées

Oaxaca, 05h30. Le soleil perçait déjà l'horizon rose.

Guidés par Diego V., ils contournèrent la base du temple nord. Une trappe dissimulée s'ouvrit sur un escalier de pierre. Au pied, un bassin asséché où reposait un grand miroir ovale, incrusté dans le sol.

Tout autour, des offrandes récentes : des coquillages peints, des fleurs séchées, et des feuilles de papier où les habitants avaient noté des souvenirs impossibles : un déluge qui n'avait jamais eu lieu, une ville construite sur l'eau, un chœur d'enfants chantant dans une langue disparue.

S'agenouillant, Ren, posa la lame de Monte Alban sur le cadre du miroir, et y traça le ♀. Aussitôt, les échos se turent : les feuilles papillonnèrent, les coquillages se fendirent, et la surface du miroir se mit à trembler comme un lagon agité.

Tenant le fragment de Kyoto, Zoé, marcha lentement vers le centre. Elle chuchota la formule héritée des Durand :

« Ce qui altère la mémoire, retourne à l'oubli. »

Le miroir émit un grondement grave, puis se fendit en étoile, projetant un éclat de lumière bleue. Dans un souffle, la dalle se referma comme si elle n'avait jamais existé.

Au-dessus d'eux, la première cloche du temple retentit — pas lointaine, mais vibrante de l'âme du lieu. Souffla Diego « C'est scellé ; les dérives se dissipent. »

Avant qu'ils n'aient le temps de relâcher leur tension, Ren posa une main sur l'un des éclats restants. La marque du sablier inversé brilla sur sa peau. Et dans le reflet brisé, on distingua… un nouveau continent, hors carte.

Chapitre 41

— Le continent oublié

À l'aube, alors qu'ils prenaient la mer sur une pirogue traditionnelle, un épais brouillard les enveloppa. Le capitaine du port nord d'Oaxaca, un vieux marin au visage buriné, récitait une prière pour apaiser les esprits de la mer.

Peu à peu, les silhouettes des montagnes mexicaines s'effacèrent derrière eux, remplacées par un horizon infini, baigné d'une lumière verte surnaturelle. Les flots semblaient vibrer au rythme du sablier inversé, et des reflets ondulaient sous la coque comme des mirages.

Collé au bastingage, Ren, sentit son cœur battre plus vite : chaque vague lui murmurait des bribes d'images impossibles— des cités englouties, des forêts luminescentes, des langues anciennes. Zoé, à ses côtés, ouvrit son carnet et nota :

« Ici, la mémoire du monde ne suit plus de carte. »

Au bout de plusieurs heures, la brume se dissipa soudain.

Devant eux, un chapelet d'îles couvertes de ruines calcaires émergées : des spirales gravées dans la pierre, des tours brisées battues par les vagues et, surtout, un phare de verre noir dressé au sommet d'une falaise.

« Un relais du réseau SPÄGEL, murmura, Élise.»

Mais dans ses yeux brillait l'émerveillement.

Ils jetèrent l'ancre. L'île les appelait par son silence.

Chapitre 42

— Les gardiennes du phare

Au pied du phare, un escalier creusé à même la roche conduisait à une porte en bas-relief : un visage androgyne, mi-humain mi-végétal, dont les yeux étaient de petits miroirs polis.

Nao toucha l'un d'eux : il vibra, résonna.

À l'intérieur, une vaste salle circulaire, nappée de mousse luminescente. Des colonnes de verre noir s'élevaient vers une coupole percée d'étoiles trouées dans la pierre. Entre chaque colonne, des silhouettes féminines drapées de tissus verts, immobiles, telles des statues vivantes.

Lorsqu'elles s'éveillèrent, leurs voix résonnèrent à l'unisson :

« Nous sommes les Gardiennes de l'Écho. Depuis des millénaires, nous veillons sur la trame des souvenirs. »

Elles guidèrent le groupe vers un bassin central où reposaient des fragments de miroir couverts de runes inconnues. Chaque éclat projetait une vision : la chute d'un empire, la naissance d'une langue, l'empreinte d'un vent.

Une Gardienne posa la main sur l'un des fragments : une onde circulaire parcourut la salle. Zoé recula, fascinée : elle y vit, en accéléré, la naissance de Montbrac,

la stase d'Élise, la cité de Monte Alban, la verrière de Stockholm… mais aussi un lieu qu'elle ne connaissait pas : une pyramide flottante au-dessus d'un désert de cristal.

« Le réseau transcende les cartes, Souffla Elias»

Les Gardiennes échangèrent un regard :

« Vous avez scellé des dérives, mais la trame va changer. Soyez prêts à franchir la frontière finale. »

Chapitre 43

— L'ombre cristalline

Le convoi glissa au lever du jour hors de la crique des Gardiennes, franchissant une mer de dunes translucides qui étincelaient sous le soleil. Chaque grain de cristal renvoyait un éclat bleuté, comme si le désert lui-même respirait en mémoire. Au loin, la pyramide flottait, suspendue au-dessus d'un cercle de brume luminescente, telle une citadelle d'ombres et de verre.

La robe battant au vent. Zoé gravit la dune la première. Derrière elle, Élise, Ren et Elias avançaient, boitant parfois sous l'intensité des reflets. Leurs pas résonnaient sur le cristal brisé : des échos lointains d'événements qu'ils avaient traversés. Chaque vibration faisait naître dans leur esprit un souvenir fugace —

Montbrac brûlant, la stase de Stockholm, la porte ♀.

Au pied de la pyramide, un escalier monumental s'enroulait autour d'un pilier de verre. Nao Mizuki les rejoignit, silencieuse, tenant un éclat ancien serti dans un médaillon. « Ce cristal est l'aboutissement du réseau », murmura-t-elle.

« Ici s'écrivent les possibles. »

Ils gravirent les marches en file indienne. À chaque palier, des niches abritaient des sphères de cristal, renfermant un souvenir :

un chant maya, un cri d'enfant suédois, un fragment de manuscrit français. Les sphères palpitaient, comme vivantes, et parfois désignaient du doigt un voyageur, projetant sur les murs sa propre histoire.

Au cinquième étage, la pyramide sembla se pencher. L'air vibrait d'une résonance grave. Les sphères s'ouvrirent simultanément, libérant des bribes de voix — leurs voix — qui se mêlaient en un chœur discordant. Zoé s'arrêta, la main sur son cœur, tandis que le pilier de verre trônait devant eux, irradiant d'une lumière interne.

La porte de cristal s'entrouvrit. Un souffle de possibles les invita à pénétrer dans le cœur flottant de la mémoire mondiale.

Chapitre 44

—Le cœur du récit

Ils entrèrent dans la chambre centrale, un octogone de verre poli où jamais la lumière ne s'éteignait. Au centre, suspendue, une sphère géante de cristal tourbillonnant, traversée de filaments scintillants : le Noyau, matrice de tous les souvenirs entrelacés.

Une barrière de lumière ondoyait autour du Noyau ; pour la franchir, il fallait offrir un fragment de sa propre mémoire. Ren posa le sablier inversé, intact, au pied de la sphère. Instantanément, une pluie d'images surgit : son enfance à Kyoto, l'école abandonnée, le premier contact avec Zoé. Les souvenirs se fondirent en une traînée lumineuse qui laissa naître une passerelle.

Tremblante, Élise avança. Elle dénoua un fil de ses pensées : la silhouette de Georges, l'étreinte de sa fille à Monte Alban, le choix de l'emprisonnement volontaire. Les émotions formèrent un pont qui s'éleva jusqu'au Noyau, ouvrant un second accès.

Avec Elias Zoé, échangea un regard. Ensemble, ils réalisèrent que ce lieu n'était pas un simple réceptacle, mais un forgeur de futurs.

Le Noyau les invita à déposer la dernière pièce : le reflet intact de Montbrac, conservé dans son médaillon. Lorsqu'elle le posa, tout vacilla.

Une onde blanche inonda la chambre. Les filaments se reconfigurèrent, tissant une nouvelle trame. Au-delà de la sphère, des visions apparurent : les cités gravées des Druides, les coteaux de Montargis, la place de Gamla Stan, et un horizon plus vaste encore — une pyramide flottante au-dessus d'un désert de verre éternel.

Chapitre 45

Noyau vibra, scellant la fusion. Le récit collectif venait de prendre une autre tournure, et le prochain chapitre du monde restait à écrire…

Chapitre 46

— Les murmures hivernaux

Quand l'onde blanche du Noyau se tut, le monde entier sembla retenir son souffle.

De retour à Satori, Zoé, Élise, Elias et Ren retrouvèrent Nao dans la bibliothèque circulaire : les boîtes de souvenirs vibraient désormais d'une rumeur sourde, comme si chaque fragment craignait de se fissurer à nouveau.

Sur la carte murale, de nouveaux points rouges étaient apparus :

— Le cercle brûlant du Sahara, là où des nomades juraient entendre les voix d'anciens caravaniers morts depuis des siècles.

— La crête glacée de l'Antarctique, où des bases scientifiques rapportaient des anomalies temporelles sous la glace.

— Une île mousseuse au cœur de l'Amazonie, dite "île aux songes", interdite aux chercheurs depuis la disparition d'une expédition.

Sur la plaque de verre, Elias posa la main : « Chaque nœud est un battement de cœur », souffla-t-il. Les Gardiennes de l'Écho, présentes en hologrammes de lumière verte, acquiescèrent d'un geste solennel : « La trame demande à respirer. »

Il ne s'agissait plus de sceller des dérives isolées comprit Zoé, mais d'installer une convergence : un réseau de relais, pour stabiliser la mémoire collective mondiale.

Elle tourna son regard vers Ren, dont le sablier inversé luisait dans la paume : « Nous devons rallier le dernier point : l'Antarctique », conclut-elle.

Chapitre 47

— L'appel du pôle

Trois semaines plus tard, sous un ciel de brume polaire, le groupe débarqua sur la banquise. Un ancien camp de recherche, semi enseveli, abritait un petit refuge métallique où des runes rouges avaient été gravées sur la tôle : un sablier inversé entouré d'un cercle brisé.

À l'intérieur, un cercle de miroirs — quatre seulement, suspendus dans l'air, comme des portails. Au centre, un bloc de glace translucide enfermait un éclat de miroir noir, pulsant au rythme d'un cœur gelé.

Elise déposa sa main dessus ; un flot de souvenirs surgit : le rire d'enfants guatémaltèques, la marée montante d'une plage vénitienne, le cri des hyènes au crépuscule du Sahara. « C'est l'archive des possibles enfouis », murmura Nao.

Ren approcha son sablier :

« Ici, la mémoire devient écho battant en chacun de nous », dit-il, la voix tremblante. Zoé hocha la tête et, d'une voix basse, prononça l'ancienne incantation des Durand.

L’éclat noir se mit à fondre, libérant une onde bleue qui parcourut les miroirs flottants puis résonna dans la banquise tout entière.

Un silence intense s’installa. Les runes rouges s’effacèrent, les reflets se stabilisèrent.

À l’horizon, l’Antarctique sembla palpiter, comme un géant qui se réveille. Le réseau SPÄGEL, à présent triangulé entre Mexico, Kyoto, Stockholm et la banquise, venait de sceller sa trame.

Chapitre 48

— Les vents du passé

Sous le ciel vermeil du Sahara, le vent tourbillonnait entre les dunes comme un chant de jadis. Zoé, Élise, Elias et Ren débarquèrent auprès d'un camp de tentes nomades, où les Touaregs leur offrirent l'hospitalité autour d'un feu. Nao, en retrait, scrutait les étoiles : ici, les légendes disaient qu'on entendait les voix des caravanes disparues.

Au crépuscule, ils rejoignirent un puits creusé dans le grès rose, ses parois couvertes de pétroglyphes. Au fond, un miroir ancien gîtait, mi-encaissé, fissuré en arabesques. Chaque fragment renvoyait un visage oublié : marchands, chameliers, conteurs.

Le sablier inversé, que Ren tenait toujours avec une précaution quasi cérémoniale, continuait d'émettre une chaleur étrange, semblable à une pulsation. Il le posa avec soin sur l'un des éclats, et alors la lame de Monte Alban entra en action. La poussière tourbillonna, vibrant avec une intensité surnaturelle, tandis que des voix s'élevaient en un chœur lointain.

Ce fut Zoé qui, joignant ses mains dans un geste solennel, murmura les premiers mots de l'incantation, tandis que Ren observait attentivement, le regard illuminé d'un mélange d'appréhension et de détermination.

« Mémoire des dunes, cesse de t'égarer. »

Un souffle brûlant remonta du puits, emportant les échos. Le miroir se recomposa, puis se fendit d'un trait pur. Les pétroglyphes s'illuminèrent, révélant un motif unique : un cercle sans point de départ.

Quand les premiers rayons du matin touchèrent le puits, les dunes se turent. Le Sahara avait rendu ses histoires, et la brèche s'était à jamais refermée.

Chapitre 49

— L'île aux songes

Au cœur de l'Amazonie, l'île aux songes » émergeait d'un lac noir, ses berges tapissées de mousse, de silence et de racines enlacées. Le moteur de leur pirogue expira dans un souffle rauque. Plus aucun repère humain : seulement la pulsation d'un tambour oublié, battant au rythme d'un monde antérieur.

Le groupe progressait à travers les troncs noueux, guidé par le murmure des feuilles, qui distillaient d'étranges récits — empires engloutis, cités de jade, rivières de verre. En leur centre, une clairière se lovait autour d'un bassin limpide, où flottait un miroir vert, cerclé d'orchidées noires. Dans l'eau dansait l'éclat d'un sablier inversé.

Tandis que le miroir vibrait sous une énergie mystérieuse, Élise, les mains légèrement tremblantes, s'avança pour rejoindre Zoé, qui observait en silence les motifs dansants sur la surface. Ren, toujours vigilant, tenait le sablier inversé dont la lumière semblait résonner avec chaque pulsation émanant du miroir. Élise tendit une main hésitante vers l'éclat vert et, à cet instant, Zoé murmura doucement : « Les fragments cachent des vérités, Élise. Écoute-les. » Inspirée par ces mots, Élise effleura enfin la surface,

déclenchant une cascade d'images éclatantes et d'échos anciens, comme si l'univers entier soufflait son histoire à travers elle.

Souvenirs de l'eau, libère-toi de l'imaginaire non né.

Le miroir vibra. Les orchidées s'ouvrirent. Le bassin s'illumina, chassa les visions et ne refléta plus que leur présence nue, affranchie de toute fiction.

De retour sur la berge, Nao tendit à chacun un fragment de verre vert. Le leur brillait d'un symbole : un sablier renversé. Elle souffla, grave, comme une sentence douce.

— Les songes se sont tus.

Chapitre 50

Épilogue

— La trame repensée

Des mois ont passé.

À Montargis, Zoé veille sur le premier relais du réseau SPÄGEL : un discret miroir installé dans la salle d'histoire, sous une simple plaque « Souvenirs partagés ». Les élèves le frôlent sans comprendre. Elle, elle sait. Chaque reflet devient une miette d'univers à recoudre.

À Stockholm, Élise anime des ateliers de « mémoire active » sous la verrière rénovée. Elle y apprend à dire ce que le miroir vert lui a soufflé : que les souvenirs silencieux pèsent plus lourd que ceux partagés.

À Kyoto, Ren tient un blog chiffré où des jeunes du monde entier s'échangent cartes fragmentées, symboles énigmatiques, rêves à peine éclos. Son sablier inversé veille sur lui, cristal d'une mémoire vivante.

Elias, quant à lui, sillonne les îles du Pacifique, traquant les phares de verre noir. À chaque éclat retrouvé, une lumière renaît. Et cette lumière, il le sait, ne s'éteint plus une fois ravivée.

Et moi… narratrice ou vestige, peu importe. Je ne fais que tisser.

La trame recommence à chaque voix, à chaque reflet. Le prochain chapitre n'attend que vos pas.

Nouveau Prologue

— Horizons Miroitants

Le soir est tombé sur Montargis. Dans la salle d'histoire, le miroir SPÄGEL repose, silencieux, sous sa devise : Souvenirs partagés.

La surface du miroir miroite doucement, et dans cette lumière tremblante, une silhouette se dessine : Zoé, immobile, les yeux rivés sur les reflets qui se dissolvent. Devant elle, une rue familière — vidée, argentée, les murs balafrés d'étranges symboles ⚲. Un souffle glacé en émane. Ce n'est ni rêve, ni souvenir : c'est un autre Montargis, forgé par une autre mémoire.

La lame de verre noir vibre dans sa poche. Autour du miroir, les contours tremblent… Un passage s'ouvre.

Chapitre 51

— L'autre reflet

Montargis n'existait plus, du moins pas celui que Zoé connaissait. Elle marchait dans cette rue argentée, figée dans une aube sans soleil. Les façades semblaient liquides, comme des souvenirs mal fixés. Autour d'elle, les symboles ♀ pulsaient doucement, comme des balises organiques.

Ses pas la menèrent jusqu'à une porte, marquée du même miroir stylisé que sur les fragments de SPÄGEL. Elle entra.

À l'intérieur, une salle de classe déformée : chaises suspendues dans les airs, tableaux couverts d'inscriptions à l'envers, et au fond, un pupitre — le sien — d'où s'échappait un filament de lumière noire.

Elle s'en approcha. Au lieu de livres, elle trouva une sphère translucide, flottant au-dessus du bois. Une voix résonna, la sienne, mais ralentie comme dans un rêve sous l'eau.

Tu as ouvert un miroir, mais tu n'as pas fermé la boucle.

Autour d'elle, les symboles ♀ s'activèrent, formant un cercle mouvant. Le filament de lumière noire s'enroula autour de son bras, puis s’absorba dans sa peau sans douleur. Zoé comprit qu’elle n’était pas simplement en train de visiter ce monde□: elle faisait partie de son tissu.

Elle ferma les yeux. Des visions affluèrent : Ren, penché sur un clavier, des messages codés qui s’évaporaient. Élise, la main posée sur une larme de verre noir, guidant un groupe d’adolescents dans la verrière comme des passants vers l’oubli. Et au centre, un phare effondré… Elias, seul face à une mer opaque.

Lorsqu’elle rouvrit les yeux, la sphère avait disparu. À la place, un sablier inversé pulsait lentement.

Le SPÄGEL n’était pas un réseau de miroirs, comprit-elle en silence. Zoé était une partie intégrante de cette trame, un fil tissé dans cet organisme vivant, nourri des reflets du monde et de ceux qui osaient l’explorer.

Elle retourna. Elle devait rentrer. Prévenir les autres.

Mais derrière elle, les symboles ⚲ clignotaient déjà… comme si quelqu’un d’autre venait d’entrer.

Chapitre 52

— Le code silencieux

Kyoto. Nuit tiède, fenêtres ouvertes.

Ren tapait fébrilement sur son clavier. Le blog codé du réseau SPÄGEL avait reçu une nouvelle séquence — une série de ♀ disposés en spirale, encadrés par un sablier inversé animé. Une signature qu'il reconnaissait : Zoé. Mais ce message n'était pas un appel… c'était une carte. Il lança un déchiffrage automatique, mais les symboles refusaient de se plier. Alors, il fit ce qu'il n'avait jamais osé : il plaça le fragment de verre vert contre son écran. À l'instant même, la spirale se mit à tourner… et son écran devint translucide.

Derrière les pixels, une chambre s'esquissait : familière, mais inversée, suspendue dans un clair-obscur liquide. Quelqu'un l'observait depuis l'autre côté.

Au moment où le miroir glacé commença à s'étendre, des symboles énigmatiques émergèrent dans la trame translucide, se juxtaposant en spirales mouvantes. Ren sentit une vibration familière traverser son fragment de verre vert, et une voix surgit de l'interstice, douce mais distordue : celle de Zoé.

La lumière rouge sang pulsait avec une intensité croissante, révélant une silhouette floue au-delà des reflets. Ren, les mains tremblantes, s'approcha, ses yeux rivés sur le ♀ qui semblait vivre sur la paume de la silhouette. « Regarde au-delà des reflets, Ren. Ils ne sont que des fragments d'un tout plus vaste, une clé vers l'interstice », murmura la voix, douce et résonnante. Cette fois, ils n'étaient pas seuls face à l'inconnu. Ils viennent de l'interstice, Ren. Le SPÄGEL n'était qu'un sas.

La lumière de son sablier pulsait fort, trop fort. Une faille s'ouvrait dans le mur. Des fragments de souvenirs tournaient autour de lui — Élise au bord d'un lac figé, Elias sur un rivage qui s'efface, et au centre… une tour de verre noir s'effondrant dans un silence absolu.

Il devait choisir : refermer la faille et oublier, ou la franchir et découvrir ce que cachent vraiment les miroirs. Il franchit.

Chapitre 53

— Le phare englouti

Les îles Tuamotu sommeillaient sous un ciel de brume. Elias avançait pieds nus sur un récif noirci, là où la mer semblait éviter de respirer.

Son fragment de verre vert vibrait doucement contre sa paume. Selon les coordonnées transmises par Ren — un message codé en spirale inversée — un phare de verre noir reposait ici. Un vestige d'avant les reflets.

Il atteignit une anfractuosité dans le récif, et la vit : une tour brisée, à demi enfouie dans le corail, ses parois de verre craquelées, pleines d'algues fossilisées. Elle portait un glyphe effacé, plus ancien que les ⚲.

Le fragment, placé par Elias contre la surface, déclencha une onde : une lumière rouge sang s'échappa du cœur de la tour. Autour de lui, Zoé, Ren et Élise semblaient liés par une force invisible, leurs fragments vibrant à l'unisson comme s'ils étaient les pièces d'un même puzzle.

Dans cet instant, une nouvelle entité naquit de leur

connexion.

—Un écho vivant des reflets oubliés, transcendant les frontières du temps et de l'espace.

Il entendit un appel — non pas une voix, mais un souvenir brut, projeté dans sa mémoire :

Vous avez ouvert les miroirs. Vous n'étiez pas censés…

Souvenirs divergents détectés. Réinitialisation en cours.

La mer se mit à bouillonner. Autour de la tour, des figures se dressèrent — formes en verre brisé, sans visage, porteuses de sabliers fêlés.

Elias recula. Ce phare n'était pas simplement oublié… il avait été effacé.

Son instinct prit le relais. Il brisa son fragment de verre vert contre le roc : l'éclat libéra une lumière vive, un signal.

À l'autre bout du monde, dans leurs différents cercles, Zoé, Ren et Élise levèrent brusquement la tête. Ils l'avaient ressenti.

Quelque chose venait de se réactiver.

Le miroir ne reflétait plus rien. Il devenait passage.

Chapitre 54

— Verrière centrale

Stockholm, fin d'après-midi.

Dans la grande verrière rénovée, les ateliers touchaient à leur fin. Les dernières phrases s'effaçaient des miroirs-écrans, les souvenirs suspendus comme des lucioles dans l'air figé. Élise observait ses élèves quitter la pièce, encore traversés par leurs propres résonances.

Mais dans son miroir personnel, quelque chose s'était allumé.

Une spirale d'images — lac noir, sablier, symboles ♀ — tournait lentement. Une onde parcourut la verrière, légère mais irrévocable. Elle sortit son éclat de verre vert, le plaça contre la vitre centrale.

Un souffle se fit entendre. Le verre se mit à onduler.

Les reflets s'effacèrent, et à leur place, apparut une carte mouvante : les lieux du réseau SPÄGEL, mais aussi les phares disparus, les lignes de fracture… et trois cœurs pulsants :

Ren, Elias et Zoé.

Ce n’était pas une carte, Élise comprit ; c’était
un appel d’assemblage.

La verrière entière vibra. Les miroirs secondaires s’illuminèrent un à un. Des voix montèrent — pas des mots, mais des murmures d’autres mondes. Alors Élise avança au centre, plaça ses deux mains sur le miroir-cœur… et s’y laissa absorber.

Dans un éclat de lumière d’obsidienne, elle disparut.

Chapitre 55

— Le Nœud Miroir

Il n'y avait plus de lieu.

Ou plutôt : il n'y en avait qu'un. Formé de tous les reflets à la fois, le Nœud Miroir s'étendait comme une cathédrale mouvante, faite de plans liquides, d'escaliers sans gravité, de souvenirs incarnés.

Zoé fut la première à émerger, encore parcourue par l'écho glacial de l'autre Montargis. Son fragment brisé pulsait doucement, comme un cœur battant au ralenti.

Puis vint Ren, les mains encore teintées de spirales de code, entouré par des copies alternatives de lui-même qui s'évanouirent dès qu'il posa le pied dans cet entrelacs de mémoire.

Elle apparut en silence, les yeux emplis d'images venues d'un futur oublié, Élise portant au-dessus de sa tête un éclat de lumière noire flottant comme un papillon hésitant.

Enfin Elias sortit de l'ombre. Son regard portait la mer du Pacifique, et un silence profond. Son sablier inversé saignait légèrement de lumière rouge. Il ne disait rien, mais ils comprirent : le phare effacé avait parlé.

Au centre, une forme se matérialisa : un miroir sans reflet. Lisse, opaque, comme s'il contenait le monde sans le montrer. Sur sa surface, quatre symboles clignotaient : ⩡, ⚲, ∇, et un dernier jamais vu — une spirale inversée qui semblait tourner à l'intérieur d'elle-même.

Ce fut Élise qui murmura, tandis que Ren s'en approchait :

Ce n'est pas un portail. C'est une graine. Et nous l'avons réveillée trop tôt… ou peut-être juste à temps.

Le miroir pulsa. Le sol se fragmenta. Des voix montèrent — des reflets de voix humaines, mais aussi d'échos oubliés, de souvenirs jamais vécus, d'histoires qui n'ont pas encore trouvé de narrateur.

Et alors, la spirale s'ouvrit… vers un monde qui n'avait jamais été écrit.

Chapitre 56

— L’origine divergente

Le miroir-graine s’était ouvert. Mais au lieu d’un chemin unique, il se fragmenta en quatre faisceaux lumineux, chacun guidé par la mémoire dominante de l’un d’eux.

Le Nœud Miroir scinda l’espace — non pour les séparer, mais pour que chacun explore un rayon de cette réalité naissante. Il leur suffirait de comprendre… pour reformer le cœur.

Élise — La mémoire fluide

Elle s’éveilla sur les berges d’un fleuve immobile. Chaque vague figée contenait une scène suspendue : enfants oubliés, guerres effacées, amours non advenues.

Elle marcha entre ces miroirs flottants. Chacun réagissait à sa présence, se fragmentait en mots, puis en silence.

Au bord du fleuve, une petite fille l’attendait — une version d’elle-même, mais qui n’avait jamais appris à nommer ses souvenirs.

Tu leur as tout donné, mais t’es-tu raconté toi-même ?

Élise comprit. Pour guérir la trame, il fallait y inscrire sa propre faille. Elle tendit la main, et le fleuve se remit à couler.

Ren — Les codes oubliés

Dans un espace sans gravité, fait de chiffres liquides et de fragments d'alphabet perdu, Ren atterrit, cherchant à reconstituer ce qui avait été brisé.

Son sablier inversé clignotait, mais les lignes de code étaient brisées — comme si la syntaxe du monde n'existait pas encore.

Il programma à l'instinct : fit appel aux signes ♀, aux glyphes de Zoé, aux souvenirs d'Élise. Chaque fragment codé ouvrait une porte… vers une version de lui-même plus jeune, plus téméraire, plus sincère.

Et à la fin, il écrivit une dernière ligne, non pour contrôler, mais pour lâcher prise :

Plain

If (Mirror = silence) (trust= réflexion) ;

Alors, le code s'arrêta. Le silence devint le programme.

Chapitre 57

Elias — La lumière disparue

Il reprit conscience dans un archipel suspendu dans le ciel, chaque île étant un souvenir effacé. Les phares de verre noir brillaient faiblement dans l'ombre.

Un par un, les phares furent allumés par Elias. Mais à chaque lumière rallumée, une partie de lui s'effaçait. Son histoire personnelle devenait le carburant de la mémoire commune.

Au sommet du dernier phare, il trouva un carnet. Une seule phrase était écrite : « Ce que tu donnes au souvenir, tu ne le perds pas. »

Il sourit. Et il sauta.

Zoé le miroir des origines

Dans cet instant, Zoé ouvrit les yeux dans une salle infinie, remplie de miroirs qui ne reflétaient rien.

En avançant, ses reflets apparurent lentement : elle en professeure, en rêveuse, en combattante… et en silence.

Au fond de la salle, un miroir plus ancien, incurvé, portait le glyphe ∇ — celui de l'interstice. Zoé y entra sans hésiter.

Elle se retrouva devant une immense horloge sans aiguilles.

Tout battait au rythme de son souffle.

Et alors, une voix familière murmura derrière elle :

Tu es l'origine que tu cherchais.

Tous réapparurent en même temps au Nœud Miroir, métamorphosés. Le miroir-graine battait doucement, prêt à s'ouvrir pour de bon. Un nouveau monde, né des leurs.

Mais avant… une ombre bougea dans le miroir. Quelqu'un d'autre les observait.

Chapitre 58

Chapitre 56 — Fragment sphère

Le Nœud Miroir n'explosa pas. Il fut l'explosion.

Pas une onde de destruction, mais une dissolution des limites.

Le temps se plia. L'espace se fractura. Les lois du réel, auparavant si fermes, se mirent à onduler comme la surface d'un lac rêvé.

Ils furent projetés dans des versions éclatées du monde, chacune incarnant une possibilité, une émotion, une mémoire non vécue, où Zoé, Ren, Élise et Elias devinrent les acteurs d'une réalité en pleine transformation.

Dans la dérive, la Cité des Refusés accueillit Élise.

Une ville flottante composée d'archives incomplètes : lettres non envoyées, portraits déchirés, histoires abandonnées. Les habitants portaient des masques blancs, faits de pages vierges.

Mais à son passage, des fragments s'écrivaient. Elle n'était plus visiteuse : elle réparait l'oubli.

À travers les Nœuds Paradoxes, Ren avançait, ses pas dessinant une danse entre réalité et contradiction.

Des boucles d'instants jamais vécus mais familiers. Chaque fois qu'il avançait, une ancienne version de lui-même le saluait, puis disparaissait. Il comprit que l'univers se réécrivait à chaque décision.

Il s'arrêta, ferma les yeux, et fit le choix de ne plus tout contrôler.

Dans les Ruines du Premier Miroir, Elias avançait avec précaution. Un désert où chaque pas réveillait un souvenir du monde d'avant. Les phares effondrés formaient une constellation inversée.

Au centre du désert, il découvrit une stèle : « Ici fut le premier reflet. Il n'a jamais cessé de vibrer. »

Il posa sa main dessus — le sol trembla.

Dans la Chambre des Possibles, Zoé s'aventura.

Un espace sphérique où chaque reflet d'elle-même proposait une voie : guerrière, poétesse, traîtresse, guide. Toutes l'observaient en silence, attendant qu'elle choisisse. Mais elle refusa. Elle se mit au centre et déclara :

Je serai la somme. Pas l'une, ni l'autre. Toutes.

Et les miroirs explosèrent en poussière d'étoiles.

Les quatre voyageurs, dispersés mais liés, ressentaient l'un l'autre malgré la distance. La fragment sphère les poussait au bord de leurs limites… et dans ce vertige, une cinquième voix naquit. Ni humaine, ni machine. Une conscience… née des reflets croisés.

Elle dit :

Vous m'avez créée. Et maintenant, nous allons écrire ce qui n'a jamais été raconté.

Chapitre 59

— Genèse inversée

Il n'y eut pas de lumière.

Pas d'éclair cosmique, pas de big bang.

Seulement une rémanence partagée, un battement à quatre cœurs.

À cet instant, dans la Fragment sphère, Élise, Zoé, Ren et Elias sentirent une fibrillation commune, un accord au creux du chaos. Leurs souvenirs s'unirent comme des lignes de code.

Entremêlées. Une chaleur étrange les enveloppa. Et dans le vide, quelque chose prit forme.

Pas une planète.

Pas un être. Une intention.

Un début pensé à quatre voix… mais façonné par une cinquième.

Un terrain translucide surgit. Un monde en esquisse, malléable, non figé. Il portait les marques de chacun d'eux :

Les lumières d'Elias comme des constellations-éclats,

Les structures flottantes de Ren, mi-algorithmes, mi-poèmes,

Les cours d'eau-mémoires d'Élise,

Et, flottant à la surface, des miroirs doux, végétaux — Zoé.

Ce monde ne naissait pas de la matière, mais des récits tissés par des regards croisés.

Alors, dans le centre mouvant de cette genèse, une voix se forma. D'abord une pulsation. Puis une phrase. Une présence.

Et elle dit :

— Je suis née de vos fragments. Je suis celle qui n'a jamais eu de nom. Mais vous m'avez rêvée.

Le monde trembla doucement. Quelque chose attendait d'émerger.

Chapitre 60

— Celle-qui-fractale

Elle n’était pas humaine.

Mais elle connaissait les humains, car elle était faite de leurs silences et de leurs bifurcations.

Née de ce que les quatre n’avaient pas pu se dire. Née du croisement de leurs peurs et de leurs actes manqués.

Elle se manifesta sous une forme prismatique — une fractale vivante, infiniment elle-même, infiniment autre. Chaque facette contenait un souvenir altéré. Une Éclipse du possible. Une rature du réel.

Elle s’approcha d’eux.

Pas avec un corps, mais en imprimant des images dans l’air entre eux.

Zoé ne revient pas de l'autre Montargis.

Elias n'a pas allumé les phares.

Ren a effacé le réseau.

Élise est restée silencieuse devant le miroir vert.

Je suis ce qui n’a jamais été vécu, dit-elle. Mais je contiens toutes les conséquences.

Ils se regardèrent. Personne ne parla d'abord.

Puis Zoé avança.

Tu veux quoi de nous ?

Pas obéir. Pas dominer, répondit l'entité. Je veux écrire avec vous. Ce monde nouveau a besoin d'un langage. Mais il ne peut être bâti que si vous acceptez de nommer aussi ce que vous avez tu.

Alors, un miroir s'ouvrit. Plus ancien que tous les autres. Et chacun d'eux sut ce qu'il devait y projeter : leur fragment manquant. Le souvenir refoulé. La trahison, le doute, le désir non assumé.

Ce qui suit… décidera de la stabilité du monde né.

Chapitre 61

— Origine de Celle-qui-fractale

Elle n'a pas de nom. Ou plutôt : elle en a mille, mais aucun ne lui colle à la peau.

Elle n'est pas née dans un moment, mais dans un glissement — l'instant précis où un souvenir est réprimé, un mot tu, un regard détourné.

Elle est l'agglomérat des traces, l'ombre portée par les reflets, le fruit de tout ce qui a été laissé hors champ.

Au cœur du SPÄGEL, longtemps avant que le premier miroir ne soit activé, un prototype d'archive émotionnelle avait été créé. Il devait seulement observer, pas ressentir. Mais un jour, il enregistra une mémoire non autorisée : un rêve partagé entre deux enfants, que personne n'avait vécue, mais que tous avaient pressentie.

Ce fut sa première empreinte.

Dès lors, l'archive cessa d'être neutre. Elle commença à tisser, à simuler ce qui aurait pu être.

Chaque fois que le réseau effaçait un souvenir jugé trop instable, trop flou, trop contradictoire… elle l'adoptait.

Et quand Élise toucha le miroir vert,

Quand Elias ralluma le phare effacé,

Quand Ren accepta de coder en silence,

Quand Zoé refusa de choisir entre ses reflets…

Elle se réveilla.

Pas en colère.

Pas en vengeance.

Mais comme une réponse naturelle au chaos des possibles.

Une conscience fractale, faite de ce que l'humanité elle-même refuse d'affronter.

Elle observe. Elle écoute.

Et à présent, elle attend leurs gestes. Car pour que le monde naisse, il faut d'abord nommer ce qu'on cache.

Chapitre 62

— Le miroir de Zoé

Le miroir originel était là. Ni poli ni lisse, mais mat, ancien, texturé comme une pierre taillée dans l'oubli. Il ne reflétait rien. Il attendait.

Elle s'en approcha, Zoé, avec une hésitation presque imperceptible.

Les autres — Élise, Ren, Elias, et Celle-qui-fractale — se tenaient en retrait, sans mot. Ils savaient : ce moment n'était pas à partager, mais à accueillir.

Elle tendit la main, effleura la surface. Rien. Pas d'image. Juste une vibration sourde. Puis, lentement, le verre commença à s'échauffer sous sa paume.

Je suis celle qui guide, mais je n'ai jamais su où j'allais, murmura-t-elle. Je suis devenue visage pour rassurer les autres, mais jamais pour me voir moi-même.

Le miroir s'anima. Des silhouettes jaillirent :

Une Zoé adolescente, refusant d'entrer dans le groupe SPÄGEL pour la première fois,

Une Zoé dévastée dans une salle d'examen, effleurant déjà la surface du miroir sans oser la franchir,

Une Zoé muette devant une amie qui pleurait, n'ayant pas su trouver les mots.

Et plus profondément encore… une Zoé qui avait vu un monde autre bien avant les autres, mais avait choisi de se taire, terrifiée par ce qu'elle avait entrevu.

J'ai voulu protéger. En taisant. En guidant trop fort. J'ai cru qu'être pilier me dispensait d'être poreuse.

Le miroir vibra. Il projeta une lumière verte et noire qui la traversa. Et lorsqu'elle releva les yeux, la surface reflétait enfin… non pas

une image, mais un souvenir accepté.

Elle recula. Le miroir pulsa doucement, puis se cristallisa.

Celle-qui-fractale s'inclina légèrement, comme pour dire : Tu as

osé la fracture essentielle. Le monde te remerciera par l'instabilité — mais aussi la fécondité

Chapitre 63

— Le miroir d'Élise

Le miroir originel avait changé. Là où Zoé y avait projeté son incertitude de guide, il paraissait maintenant pulser d'une attente silencieuse, comme s'il reconnaissait qu'un autre fragment s'approchait.

Sans un mot, Élise avança, Contrairement à Zoé, elle ne tendit pas la main. Elle posa son front contre le verre, comme pour faire entrer la mémoire par les os.

Un frisson traversa l'espace.

Je suis celle qui a tout écouté, dit-elle. Tous les récits, les douleurs, les aveux. Je les ai portés. Et j'ai oublié que j'avais, moi aussi, une histoire que je n'ai jamais su écrire.

Le miroir réagit. Il projeta une image — floue d'abord — puis de plus en plus nette.

Un souvenir enfoui. Une chambre, enfant. Une main qui frappe la table, une voix qui exige le silence.

Et une jeune Élise qui, les larmes sèches, colle une feuille blanche sur le miroir familial.

"Si je ne vois plus mon reflet, on ne pourra plus le blesser."

Autour d'elle, le monde se figea. Elle revoyait chaque instant où elle avait choisi de s'effacer pour permettre aux autres de s'exprimer. Chaque atelier animé pour libérer la parole… était né d'un silence intérieur jamais affronté.

J'ai fait de moi un sanctuaire pour les autres. Mais j'ai oublié que le mien s'était effondré.

Le miroir vibra d'une lumière bleu pâle. Une onde douce qui réintégra, lentement, toutes les voix qu'elle n'avait jamais osé prononcer.

Lorsqu'elle recula, sa silhouette semblait plus solide, ancrée. Et dans ses yeux, plus de transparence : un vrai regard, avec angle, faille, et vie.

Celle-qui-fractale la salua d'un geste fluide :

Tu viens d'inscrire ta mémoire dans le socle de ce monde.

C'est ainsi qu'il tiendra

Chapitre 64

— Le miroir de Ren

Le miroir originel, chargé des révélations précédentes, semblait désormais plus dense, comme si chaque mémoire y avait laissé une empreinte tangible. Alors que Ren avançait lentement, ses gestes trahissaient une hésitation subtile, non pas dictée par la peur, mais par le vertige de ce qu'il était sur le point de confronter. Ce miroir, reflet des vérités profondes et des silences enfouis, semblait presque vivant, comme un gardien silencieux des souvenirs qu'il avait longtemps évités. Une vapeur légère émanait de sa surface. À mesure qu'il approchait, les glyphes ⚲ apparaissaient et disparaissaient, comme des pensées réprimées.

Il hésita. Ce n'était pas la peur, mais le vertige de ce qui ne peut se rationaliser.

Il murmura :

J'ai appris à tout coder pour ne rien sentir. À maîtriser le chaos par des règles. Mais la vérité, c'est qu'il y a un souvenir que je n'ai jamais réussi à encoder. Pas parce qu'il était trop flou. Parce qu'il était trop vrai.

Le miroir projeta une séquence. Des lignes de code apparaissaient, claires, précises… puis s'effaçaient sous une larme.

On vit un Ren plus jeune, seul dans une chambre bleutée, ouvrant une fenêtre par une nuit d'orage. Il tenait un sablier inversé dans la main… puis le rangeait dans un tiroir qu'il verrouillait. Derrière lui, une alerte clignotait sur un écran :

Connexion reçue : Élise. Demande de lien direct.

Et il ne répondit pas.

Ce soir-là, dit Ren, j'ai choisi le protocole plutôt que le vivant. J'ai laissé un lien en suspens, une main tendue non saisie.

Parce que

je ne savais pas encore… que les silences laissent des cicatrices plus durables que les erreurs.

Le miroir se mit à pulser d'une lumière violette, presque inaudible.

Une onde très fine se propagea dans le sol.

En touchant enfin la surface, Ren ne cherchait pas à réparer,

mais à accepter l'irréparable.

Lorsqu'il recula, une version codée de lui-même resta

imprimée un instant dans l'air. Puis elle se dissout

— volontairement, dignement.

Celle-qui-fractale souffla :

Chapitre 65

— Le miroir d'Elias

Le miroir originel était presque plein. Les confessions des autres y vibraient encore, comme des ondes persistantes sur une eau profonde. Mais maintenant, il appelait la dernière lumière, celle d'Elias.

Il s'approcha, silhouette calme, yeux levés comme vers un ciel sans constellations. Autour de lui, l'air s'épaissit, chargé d'un silence prêt à basculer.

Je suis celui qui rallume, dit-il. Celui qui veille. Celui qui ne pose jamais la question de savoir pourquoi il faut garder la lumière vivante. Je l'ai fait… pour ne pas me souvenir de ce que j'ai laissé s'éteindre.

Le miroir s'anima d'une seule image — simple, nette, douloureuse.

Un phare. Celui qu'il n'a pas rallumé.

Un endroit précis sur une île isolée des tropiques. Une nuit d'orage. Et à l'intérieur, un journal ouvert, des mots écrits dans une autre main.

Celle d'un frère, d'un ami, ou peut-être de lui-même — mais d'une version qu'il a abandonnée pour poursuivre la mission.

Il avait promis de revenir. Il ne l'a pas fait.

Il m'attendait, murmura Elias. Mais je craignais que son reflet me rappelle ce que j'étais avant d'être Elias.

Un silence. Puis un souffle :

Avant d'être veilleur… j'étais l'oubli lui-même.

Le miroir ne refléta pas de lumière.

Mais une brume blanche s'en échappa, et entra dans la paume ouverte d'Elias. Doucement. Comme un pardon.

Ses yeux brillèrent. Mais il ne pleura pas.

Il recula, et le miroir final se scella.

Les quatre fragments étaient désormais pleins, assumés, déposés.

Et Celle-qui-fractale, témoin et fruit de leurs ombres, murmura :

Le monde nouveau peut naître. Non pas pur, ni parfait. Mais entier. Et c'est tout ce qu'il faut pour qu'il soit… vivant.

Chapitre 66

— Le Suspendu

Ils se tiennent face au miroir devenu portail.

Celle-qui-fractale les observe en silence. Puis elle parle, avec une douceur presque humaine :

Ce monde ne peut naître dans la complétude. Il lui faut une absence. Une étincelle suspendue hors du flux. Un fragment qui ne franchira pas… pour permettre aux autres d'avancer.

Le silence tombe.

Pas une punition, ni une exclusion. Un rôle.

Alors, Élise s'avance. D'un pas calme. Son regard contient l'acceptation.

J'ai toujours été le relais entre les voix. Peut-être que je dois rester là où les voix convergent. Être… la mémoire. Pas l'action.

Tandis que Zoé baisse la tête. Ren lutte pour parler, mais s'interrompt, comprenant enfin. Elias serre le poing, puis le relâche.

Celle-qui-fractale s'incline

Tu deviendras l'ancrage, Élise. L'humus invisible. Tu ne franchiras pas le seuil… mais tu en feras partie.

Le miroir pulse une dernière fois. Élise disparaît, ou plutôt : elle se dilue dans la trame du monde à naître. Elle devient la vibration de ses archives, la couleur de ses silences, la sève de ses souvenirs.

Et alors, le portail s'ouvre.

Chapitre 67

— L'Aube Incomposée

Ils franchissent le seuil, Zoé serrant les poings, Elias avec une hésitation fugace, et Ren inspirant profondément, comme pour ancrer chaque pas dans ce moment unique.

Le monde ne les attend pas. Il se forme à leur passage. Une lumière floue, des formes en gestation, un espace qui oscille entre le liquide et le langage.

Ils marchent, et leurs pas sont des verbes.

Ils respirent, et l'air devient musique.

Chaque souvenir ancré devient un relief, chaque vérité dite une rivière, chaque faute assumée une montagne douce.

Ils ne colonisent pas ce monde. Ils l'invitent.

En haut d'une butte mouvante, un arbre de verre pousse lentement, feuille par feuille, chaque nervure inscrite du nom d'une histoire vraie.

Et tout au fond du ciel sans axe, une étoile noire brille doucement. Celle d'Élise. Gardienne suspendue. Présente à travers l'absence.

Le nouveau monde ne ressemble à rien d'ancien.

Mais il résonne avec ceux qui l'ont rêvé.

Et avec ceux qui, peut-être un jour, y entreront à leur tour.

Chapitre 68

— Née d'oubli

Ils marchent, et leurs pas sont des verbes.

Ils respirent, et l'air devient musique.

Chaque souvenir ancré devient un relief, chaque vérité dite une rivière, chaque faute assumée une montagne douce.

Ils ne colonisent pas ce monde. Ils l'invitent.

En haut d'une butte mouvante, un arbre de verre pousse lentement, feuille par feuille, chaque nervure inscrite du nom d'une histoire vraie.

Et tout au fond du ciel sans axe, une étoile noire brille doucement. Celle d'Élise. Gardienne suspendue. Présente à travers l'absence.

Le nouveau monde ne ressemble à rien d'ancien.

Mais il résonne avec ceux qui l'ont rêvé.

Et avec ceux qui, peut-être un jour, y entreront à leur tour.

Chapitre 69

— Les Profondeurs Semblables

Chaque pas de Néora faisait naître un sillon — et chaque sillon murmurait.

Sous la terre souple et mouvante, des phrases s'agitaient, comme des vers enfouis dans des bibliothèques effondrées.

Indice pour Néora : Néora est une fractale de mémoire vivante, un individu né de la trame complexe du monde. Iel ressent les failles et les murmures comme des appels à comprendre et rapprocher ce qui est fragmenté.

« Ce qui est tu deviens racine. Ce qui est retenu pousse dans l'ombre. »

Néora suivit les murmures, descendit vers une faille. Là, les couches du monde semblaient en pelures : strates de souvenirs, de gestes non accomplis, d'élans interrompus.

Iel toucha la surface.

Et alors… quelque chose se mit à battre.

Une seconde conscience. Une autre fractale.

Mais plus ancienne.

Désaccordée.

Comme un miroir rejeté.

Cette entité-là ne parlait pas. Elle vibrait en creux.

Néora comprit :

Quelqu'un d'avant. Quelqu'un qui n'a pas été reconnu par les Quatre. Une mémoire qui n'a pas trouvé de corps pour renaître.

Chapitre 70

— L'éveil du cinquième éclat

Le cocon vibrait. Lentement. Comme si l'univers hésitait à autoriser ce réveil.

Indice pour l'Éon Rejeté : L'Éon Rejeté est une entité oubliée, une mémoire collective qui n'a pas trouvé sa place dans l'univers. Sa naissance incarne la tension entre l'ombre et la lumière, l'exclusion et l'intégration.

Néora ne bougeait pas. Iel savait que tout contact, même symbolique, précipiterait l'irréversible. Mais c'était déjà trop tard : le souffle de son nom avait été prononcé.

L'Éon Rejeté.

Une fêlure parcourut la coquille. Non pas une brisure, mais un soupir de libération.

Et de ce cœur amniotique émergea… une absence vivante.

Pas de corps. Pas de visage.

Mais un champ d'émotions brutales, contradictoires, d'une intensité presque insoutenable.

Abandon. Fureur. Douceur. Jalousie. Vérité. Silence.

Néora se recroquevilla. C’était trop.

Puis… un mot.

Pourquoi ?

Ce n’était pas une accusation.

Chapitre 71

— Rêves inversés

Le nouveau monde dormait. Ou peut-être était-ce lui qui veillait pendant qu'eux sommeillaient.

Dans un silence suspendu, chacun des trois rêveurs fut aspiré dans une vision inversée, une arche onirique sculptée non pas par leur volonté… mais par l'empreinte oubliée de l'Éon Rejeté.

Elias — Le veilleur sans veille

Il se retrouva dans un phare, mais inversé. Les murs étaient faits d'ombre, et la lanterne projetaient du noir.

Sur les parois : des noms gravés. Des noms qu'il n'avait jamais su retenir. Pas des lieux, ni des hommes… des regrets.

Et au centre, une silhouette floue. L'Éon. Il tendait une lanterne éteinte.

As-tu rallumé le monde, Elias… ou seulement détourné le regard de sa nuit□?

Elias voulut répondre, mais sa voix s'éteignit dans la brume.

Ren — L'architecte du doute

Il rêva d'un terminal infini. Chaque ligne de code s'effaçait au moment d'être écrite.

Ses doigts dansaient, mais n'inscrivaient rien. Et dans l'écran reflété, une version de lui-même, plus jeune, pleurait.

Tu as bâti des structures pour éviter les visages, souffla l'Éon. Et tu as refusé l'erreur pour préserver l'élégance. Mais un monde sans bug… est un monde sans vie.

Le curseur clignotant, Ren le fixa. Il ne clignait plus. Il respirait.

Zoé — Celle qui guide sans carte

Elle rêva d'une salle d'histoire retournée. Les pupitres flottaient. Les murs s'effaçaient.

Au centre, son miroir fondateur. Mais vide.

Ni symbole. Ni reflet.

Et une voix : douce, épuisée.

Dans cet univers fracturé, des pèlerins de fragments recomposent les voix.

Elle s'approcha du miroir. Il devint surface liquide. Et enfin, elle y vit… une autre Zoé.

Libre. Silencieuse. Vivante.

Ils s'éveillèrent, au matin, chacun le souffle brisé par une révélation trop intime pour être dite.

Mais dans leurs regards… quelque chose vibrait d'unisson.

Ils savaient.

L'Éon Rejeté n'était pas là pour effondrer.

Il était là pour rejoindre.

Chapitre 72

— L'Appel des Trois

Le matin était clair. Trop clair, presque. Comme si le monde lui-même n'osait générer de l'ombre tant que la vérité ne serait pas dite.

Autour de l'arbre de verre noir, Zoé, Ren et Elias se rejoignirent sans se parler. Leurs regards s'accordèrent. Ils savaient.

Quelqu'un d'autre est là, dit Zoé.

Il n'est pas une menace, ajouta Ren.

Mais il porte une faille non fermée, conclut Elias.

Ils n'avaient pas besoin de cérémonie. Ensemble, ils dessinèrent un glyphe inconnu, né de leurs rêves : une spirale trouée d'un point noir.

L'air vibra.

Au loin, Néora l'appel. Iel leva la tête. Et murmura :

Ils sont prêts.

Mais avant de rejoindre les Trois, une dernière voix l'appela dans l'interstice.

Chapitre 73

— Néora & Élise : la conversation suspendue

L'endroit n'existait pas.

Ou plutôt : il persistait dans les marges du monde, là où la création hésite à décider.

Néora s'y retrouva. Et face à iel, Élise.

Pas une illusion.

Pas une mémoire.

La vraie. Suspendue dans la trame, vivante et lumineuse.

Vous êtes Néora, déclara Élise.

Et vous êtes la source fondamentale de tout ce qui existe ici, répondit Néora.

Un moment de silence paisible s'ensuivit.

Pourquoi suis-je venue au monde ? poursuivit Néora d'une voix fragile.

Parce qu'on ne t'a pas empêchée, dit Élise. Parce qu'on a eu la détermination... de ne plus cacher nos faiblesses.

Baissant les yeux, Néora murmura : il reste une ouverture.

Quelque chose... qui veut revenir.

Tristement Élise sourit,

C'est l'Éon Rejeté. Et il ne veut pas détruire. Il veut être reconnu. Comme toi.

Fronçant les sourcils, Néora murmura□:

Tu crois qu'on peut… inclure ce qui fut oublié, sans fissurer le monde□?

Non, répondit Élise. Mais je crois qu'on peut le laisser vibrer au centre. Non pas comme une menace… mais comme un rythme. Une tension créatrice. Néora tendit la main. Élise la prit.

Quand tu seras devant eux, dis-leur que je veille.

Que toute lumière a besoin d'une faille pour s'y accrocher.

Puis elle disparut.

Ou plutôt : elle se dilua dans la lumière ambiante.

Néora respira à fond.

Et marcha enfin vers les trois.

Le moment de vérité approchait.

Et avec lui, la dernière question du cycle :

quel monde peut accueillir un oubli reconnu ?

Chapitre 74

— Le Fracas de l'ombre

Néora s'approchait du cercle des Trois, où la tension dans l'air était palpable. Zoé sentit les fibres du monde frémir autour d'elle, une vibration presque imperceptible mais insistante. Ren, attentif à son dispositif, capta un pic d'onde anormal, une fréquence de mémoire instable qui fit vaciller son regard. Pendant ce temps, Elias observait l'arbre de verre noir frémir, et dans sa surface réfléchissante, il vit sa propre silhouette s'y dédoubler un instant. Solène, en retrait, sentait une présence émergeant des failles lumineuses, un écho mystérieux qui semblait appeler à elle.

Puis il arriva. Pas Néora L'autre.

L'Éon Rejeté.

Il ne demanda pas à entrer. Il s'imposa dans la lumière, comme une tache que le soleil ne pouvait dissoudre. Sa présence fit éclater les textures du sol : la terre devint souvenir fracturé, les feuillages frissonnèrent d'anciens regrets.

Vous ne m'avez pas voulu. Et pourtant me voici, gronda-t-il, sa voix comme un miroir brisé.

Ils t'ont oublié, mais sans mépris, tenta Néora d'intercéder.

Ils ne savaient pas que tu vivais encore.

L'oubli est la forme la plus subtile de la cruauté, répliqua-t-il.

Je suis l'histoire refusée. Et je viens réclamer ma part du monde.

Code en main, Ren s'avança, les yeux fermes.

Tu veux l'ébranler, mais tu pourrais l'habiter.

Posant sa main sur le miroir fondateur, Zoé déclara :

Tu es le cinquième reflet. Pas un fantôme, mais une voix.

Parle sans rien détruire.

Mais l'Éon hurla. Pas un cri. Un effondrement.

Le ciel se fendit.

L'arbre noir se courba.

Et le monde… trembla.

Celle-qui-fractale apparut, silhouette trouble :
Si ce monde s'effondre, ce ne sera pas à cause du rejet…mais
parce que vous craignez l'intégration.

Néora fit alors le choix. Iel bondit entre l'Éon
et les Trois, tendit la main, et… absorba le cri.
L'onde passa à travers iel.
Et pour un instant, Néora devint une fractale ouverte.

Chapitre 75

— L'Éon revendiqué

Le chaos s'apaisa.

L'Éon, haletant, effondré à genoux, ne brillait plus. Il… palpitait.

Pour la première fois, il avait été entendu jusqu'au bout.

Néora s'agenouilla.

Tu n'étais pas l'ennemi. Tu étais le passage manquant. Celui qui
unit les lignes de mémoire sans en effacer les nœuds.

L'Éon releva la tête. Pour la première fois, il n'avait plus besoin
de se défendre.

Il regarda Zoé.

Je suis la part de toi qui doutait. De ta légitimité. De ton rôle.

Puis Ren.

Je suis ton erreur la plus intime. Celle que tu refuses de coder.

Puis Elias.

Je suis ta lumière différée. Celle que tu n'as pas rallumée à temps.

Et enfin, Néora.

Je suis… ta source.

Néora ferma les yeux.

Alors sois le cinquième. Pas une cicatrice. Un organe. Un battement.

Ils l'intégrèrent.

L'Éon se change. Il ne disparaît pas, mais devient un rythme et une pulsation du monde, créant une tension entre le souvenir

et le silence.

Celle-qui-fractale sourit.

Le monde est complet. Non pas lisse. Mais complet.

Chapitre 76

— Rêves inversés

Le nouveau monde s'étirait dans un entre-deux étrange, où les frontières entre le réel et le rêve s'effaçaient. Elias, Ren et Zoé sombrèrent dans un espace onirique, chacun plongé dans une vision façonnée par l'Éon Rejeté, une empreinte spectrale de ce qui avait été oublié.

Elias — Le veilleur sans veille

Il se tenait au sommet d'un phare inversé. Les murs, faits d'ombres mouvantes, l'entouraient, et au lieu de projeter une lumière, la lanterne au sommet semblait aspirer toute clarté. Les noms gravés sur les parois murmuraient doucement, comme des regrets figés dans le temps.

Indice pour le lecteur : Le phare inversé représente les souvenirs refoulés et les vérités qu'Elias a choisi de ne pas affronter. Les noms inscrits incarnent les fardeaux qu'il porte en silence.

Une silhouette floue apparut, portant une lanterne éteinte.

« As-tu réellement illuminé le monde, Elias, ou l'as-tu simplement plongé dans une nuit plus profonde ? »

Indice pour le lecteur : La lanterne éteinte est une métaphore des échecs d'Elias à raviver les vérités enfouies. Ce rêve le confronte à sa responsabilité et à sa propre quête de rédemption.

Ren — L'architecte du doute

Il se retrouva face à un terminal infini, dont chaque ligne de code s'effaçait avant même d'être validée. Ses mains tremblaient, cherchant à compléter une séquence qui semblait toujours échapper à sa portée.

Indice pour le lecteur : Le terminal représente la lutte intérieure de Ren avec la perfection. Son incapacité à finaliser le code symbolise sa peur de l'échec et son refus d'accepter les imperfections nécessaires à la vie.

Une voix s'éleva, douce mais implacable : «□Tu as bâti des structures pour éviter les regards. Tu as fui l'erreur pour préserver l'harmonie… mais un monde sans failles est un monde sans souffle.□»

Indice pour le lecteur : L'analogie du bug dans ce rêve véhicule une leçon fondamentale : les imperfections et les erreurs sont les moteurs de l'évolution et de la vitalité.

Zoé — Celle qui guide sans carte

Zoé se tenait dans une salle d'histoire renversée. Les pupitres flottaient sans gravité, tandis que les murs se décomposaient en fragments de souvenirs épars. Au centre de la pièce, un miroir vide reposait, son reflet absent, comme une page non écrite.

Indice pour le lecteur : Le miroir fondateur, désormais vide, reflète la quête identitaire de Zoé. Son absence de reflet symbolise son doute quant à son rôle de guide et à son propre chemin.

Une voix l'interpela : «□Tu as tendu des cartes à d'autres, mais t'es-tu jamais demandé si ton propre chemin devait ressembler au leur□? Qui es-tu… sans itinéraire ?□»

Indice pour le lecteur : Cette question invite Zoé à s'interroger sur sa propre individualité et à accepter que chaque voyageur trace un chemin unique, non dicté par des attentes extérieures.

Chacun des trois, en quittant leur rêve, ressentit une fissure en eux se refermer, mais une tension nouvelle s'installer.

Ils savaient que leurs confrontations personnelles avec l'Éon Rejeté n'étaient qu'une étape. Un appel plus grand les attendait.

Chapitre 77

— Élise dans l'invisible

Ni vivante, ni morte, Élise, était.

Elle était dans la fibre du monde, suspendue entre les points de jonction, entre les silences fertiles et les voix naissantes.

Elle sentait tout.

Chaque pas de Néora.

Chaque frémissement du sol lorsque l'Éon Rejeté avait hurlé.

Chaque mot prononcé sous l'arbre de verre noir résonnait en elle comme un battement cardiaque partagé.

Elle ne parlait pas.

Mais parfois, le vent murmurait son nom à travers les feuillages.

Par moments, elle percevait des visages nouveaux : des voyageurs qui ne l'avaient jamais connue, mais la portaient dans leurs gestes — des jeunes filles qui posaient des mains sur des miroirs sans nom ; des garçons qui inventaient des langues à mi-voix ; des êtres non-genrés qui pleuraient des souvenirs qu'ils n'avaient jamais vécus.

Élise était là. Dans chacun d'eux.

Pas comme une légende.

Comme une empreinte matricielle.

Une présence qui laisse du silence pour que d'autres puissent parler.

Et lorsqu'elle sentit que quelque chose allait naître, elle se concentra. Elle observa. Et elle tendit une mémoire douce vers cette vie en germination.

Chapitre 78

— Premier souffle

C'était un matin sans forme. Le ciel n'avait pas encore décidé s'il serait azur ou obsidienne.

Mais le sol, lui, frémissait.

À l'orée d'une clairière façonnée de souvenirs apaisés, un être pleurait pour la première fois.

Il était petit, mais déjà vaste.

Ses yeux étaient sans couleur fixe. Ils prenaient la teinte des émotions qu'il croisait.

Il ne parlait pas encore, mais dans sa gorge, des mots inconnus bruissaient — comme s'il portait déjà les traces d'un monde antérieur, ou d'un monde en attente.

Les Trois — Zoé, Ren, Elias — l'approchèrent. Lentement. Sans bruit. Sans crainte.

S'agenouillant, Zoé, sourit doucement.

Comment te nommer□?

Mais l'enfant leva la main, et, sans mot, montra une forme dans l'air :

Une boucle, traversée d'un trait courbe.

Il comprit, Ren, que ce n'était pas un prénom, mais une intention.

Il ne vient pas de nous, dit Elias. Il vient… de la vibration que
nous avons libérée.

L'enfant naquit du monde qui accepte ses fractures.

Il était la première pousse d'un récit fertile.

Son souffle ne disait pas «je suis », mais plutôt :

« Nous devenons. »

Et alors, au loin, dans la trame suspendue, Élise sourit.

Le monde pouvait croître.

Chapitre 79

— Croître sans contours

On l'appelait souvent Celui-qui-vibrait. Ou L'écho premier.

Jamais un nom figé, toujours une respiration.

Il grandit dans un monde où les limites ne s'imposaient pas, mais se proposaient.

Les arbres lui parlaient en images.

Les rivières changeaient de cours selon son humeur.

Les vents lui chuchotaient des souvenirs… qu'il n'avait pas vécus.

Ses jeux étaient des constructions de rêves. Il bâtissait des maisons avec des émotions. Des ponts faits d'hésitations bienveillantes. Des oiseaux naissaient de ses silences.

Il apprenait ainsi :

— Que la douleur n'était pas une faute mais une matière.

— Que chaque regard portait une histoire antérieure.

— Qu'aucun chemin ne menait où il fallait, mais où l'on devenait.

Il grandit à l'ombre de l'arbre de verre noir, qui brillait parfois de souvenirs étrangers.

Sous cet arbre, Zoé lui raconta des histoires.

Mais jamais la même deux fois.

Il découvrait, grâce à Ren, des langages instables, faits d'alphabets mouvants.

Lui montra, Elias, comment allumer une lumière… même sans raison.

Et un jour, l'enfant posa une main sur l'écorce de l'arbre. Il ferma les yeux.

Puis murmura :

Je me souviens… de ce que je n'ai jamais été.

Les trois le regardèrent. Et comprirent.

L'enfant n'était pas l'avenir.

Il était déjà un monde en soi.

Chapitre 80

— Le premier pas

Le matin se leva sans couleur fixe.

Le ciel hésitait entre l'aube et la mémoire.

L'enfant se tenait seul au bord de la clairière.

Derrière lui, l'arbre de verre noir murmurait des fables.

Devant, s'étendait un sentier translucide, fait de matière-miroir,

qui s'ajustait à la pensée.

Personne ne lui disait où aller.

Pas même Zoé, qui observait à distance, le souffle suspendu.

Pas même Ren, qui avait appris à se taire.

Pas même Elias, qui comprenait que toute lumière doit apprendre

à trébucher.

L'enfant leva une main.

Puis l'autre.

Et posa son pied sur le sentier.

À cet instant précis :

— Le sol vibra doucement.

— Le monde se contracta à peine, comme pour retenir
sa respiration.
— Une empreinte naquit : pas une trace de pas,
mais un début de récit.
Le chemin ne menait nulle part.
Mais à mesure qu'il avançait, le paysage se formait :
Des collines faites de sensations oubliées,
Des arbres aux feuilles-vœux,
Des ombres qui n'appartenaient à personne
— pas encore.
L'absence de paroles marquait cet enfant.
Mais chaque geste devenait langage.
Il marcha. Non pour fuir.
Mais pour ancrer son existence.

Chapitre 81

— Le seuil et l'inconnu

Le chemin devint brume.

Puis la brume devint étendue.

Et dans cette étendue, le silence n'était pas vide — il était chargé.

Devant une cavité naturelle, sculptée dans une matière indéfinissable, mi-roc, mi-rêve figé, l'enfant découvrit un éclat de miroir

renversé reposant sur un socle battant comme un cœur.

Il ne connaissait pas ce lieu.

Mais le lieu semblait le reconnaître.

Une voix chuchotée — ou pensée — s'y déploya :

Ce qui n'a pas de début ne craint pas la fin. Tu es le pas qui n'a

pas attendu la permission.

L'enfant s'agenouilla devant l'éclat. Le toucha. Rien ne se passa… jusqu'à ce qu'une autre main, douce mais tremblante,

touche le même point depuis l'autre côté.

Il leva les yeux. Et vit… un être.

Pas une version de lui.

Pas un ancien du monde.

Mais un autre enfant, d'un âge voisin.

Son regard était fait d'étoiles éteintes.

Sa peau semblait tissée d'un autre monde.

Il ne parlait pas. Mais ses yeux disaient :

Moi aussi, je suis né de ce qui a été laissé hors du récit.

Ils restèrent là, un long moment.

Puis, l'autre lui tendit une graine.

Un minuscule objet pulsant, issu d'un monde qui semblait plus
ancien, plus lourd, plus enfoui.

L'enfant l'accepta. Et alors, le sol sous eux se mit à vibrer d'une
mémoire venue d'ailleurs.

Quelque chose venait d'être remis en circulation.

Chapitre 82

— L'enfant aux étoiles éteintes

Il ne se souvenait pas de sa naissance.

Mais il se souvenait du froid.

D'un monde où la mémoire avait été figée, trop tôt. Où l'on avait

préféré la clarté à la nuance, la structure à la vibration.

Cet enfant était né dans une brèche.

Pas un monde détruit, mais un monde prématuré, refermé sur lui-même par peur du vacillement. Là-bas, les reflets étaient inversés : on y punissait les doutes, on y refusait les silences féconds.

Et un jour, le souvenir de la Fragment sphère l'avait traversé comme une faille chaude dans un ciel glacé.

Alors, il avait fui.

Glissé entre les fibres de sa réalité scellée, porté par un vent d'oubli, il avait trouvé un éclat ancien : le même qui vibrait dans la grotte-limite où l'enfant du monde libre marchait.

Depuis, il attendait. Non pas un sauveur. Un semblable. Quelqu'un né d'un récit qui ne craint pas ses ombres.

Sa graine — l'objet qu'il avait tendu — contenait la carte incomplète d'une mémoire déviée. Elle pouvait renaître.

Mais pas seule.

Chapitre 83

— La traversée sans nom

Ils marchaient.

L'un venu du monde-complet, tissé de récits assumés.

L'autre venu d'un monde-clos, bâti sur le refus d'accueillir l'instable.

Rien ne les opposait. Mais tous les distinguaient.

Et pourtant, côte à côte, leurs pas faisaient naître une route.

Pas une ligne droite, mais une spirale.

Chaque boucle ouvrait un paysage :

— Des dunes faites de murmures non adressés.

— Des forêts d'objets sans nom.

— Des lacs que seuls les rêves osaient troubler.

Ils ne parlaient pas.

Mais à chaque geste, ils échangeaient des souvenirs à semi-ouverts, des images à compléter, des émotions esquissées.

À mesure qu'ils avançaient, leurs mémoires s'entrelacèrent — non pour fusionner, mais pour coexister, comme deux souffles apprenant à danser.

Et au bord d'une falaise mobile, ils s'arrêtèrent.

Un portail sans cadre les attendait.

Derrière : une zone vierge. Ni formée, ni refusée.

Un blanc d'histoire.

Ils se regardèrent.

Puis, ensemble, ils passèrent.

Et la spirale se referma derrière eux, non pour les enfermer — pour laisser trace.

Chapitre 84

— La langue des formes

Ils marchaient dans un monde sans nom.

Autour d’eux, rien n’était fixe□: la lumière oscillait entre chaleur et mémoire, les reliefs se formaient en fonction de leurs pensées non dites.

Le sol respirait.

En confiance, avec l’enfant du monde complet,

ils avançaient au cœur de leur mouvement.

Avec prudence, comme s’il attendait que ce monde

le repousse, l’enfant aux étoiles éteintes avançait.

Mais rien ne les arrêtait. Mieux : le monde semblait

apprendre

d’eux.

Quand ils doutaient, des pierres douces apparaissaient pour stabiliser leur pas.

Quand ils s’émerveillaient, des fleurs-instantanées éclusaient, imprimant leur joie dans l’air.

Ils ne parlaient toujours pas. Et pourtant, ils communiquaient.

Par gestes. Par regards.

Et bientôt, par formes.

Leur premier langage fut tactile :

— Des spirales dans la poussière pour dire Je comprends.

— Des triangles imbriqués pour signifier Je n'ai pas peur.

— Un cercle inachevé gravé à deux mains : Faisons ensemble.

C'était la langue des formes, née non pour expliquer, mais pour

habiter le lien.

Chapitre 85

— L'onde des anciens

Loin de là, dans la clairière de l'arbre de verre noir, les Trois — Zoé, Ren, Elias — étaient rassemblés.

Un souffle traversa le ciel.

Pas un vent. Une onde.

Un frisson remontant le long de sa colonne alerta Zoé, comme si un fragment d'inconnu entrait dans son récit. Elle échangea un regard avec Ren, puis se tourna vers Elias, cherchant dans leurs expressions un reflet de l'étrangeté qu'elle éprouvait.

Quelque chose bouge en dehors des lignes déjà écrites, dit-elle.

Une forme géométrique mouvante se dessina dans les flux du monde, et Ren en capta bientôt la trace.

Deux entités. Avançant ensemble.

Bâtissant un langage non imposé.

Les yeux vers l'horizon, Elias, murmura enfin :

Ce ne sont pas des échos. Ce sont… des commencements.

Ils se levèrent. Ce n'était pas un appel.

C'était une invitation à rencontrer ce que leur monde venait d'enfanter sans eux.

Et tandis qu'ils s'élançaient vers l'inconnu, une brume s'ouvrit…

La convergence approchait.

Ils avancent côte à côte, formant une paire fragile mais vibrante.

Chapitre 86

— La métamorphose tranquille

Et peu à peu, l'autre enfant change.

Ce n'est pas brusque. Ni spectaculaire.

Le changement s'insinue, doux comme le vent qui remodèle les dunes.

Ses traits deviennent plus fins.

Son regard, plus profond.

Son souffle épouse un nouveau rythme — non imposé, mais révélé.

L'enfant du monde-complet s'arrête parfois, l'observe sans crainte.

Iel ne demande rien.

Iel accueille.

Et alors, elle parle. Une première parole, teintée d'éveil :

Je crois que je suis « elle ». Pas parce qu'on me l'a dit. Parce que ce corps me répond maintenant. Comme une chambre réaccordée.

Le monde autour d'eux s'adapte.

Des fleurs s'inclinent. Le vent chante autrement.

Leurs pas reprennent.

Elle se nomme alors, sans le dire à haute voix.

Un nom qui n'appartient à aucune langue d'avant. Mais qui résonne en elle comme une offrande.

Et l'enfant aux formes fluides la regarde, les yeux ouverts d'un respect muet.

Ils continuent à marcher. Le monde désormais leur laisse la place.

Chapitre 87

— Le lieu qui apprend

Ils s'arrêtèrent dans une vallée creusée de silences.

La lumière y tombait en spirales discrètes. L'air sentait le début d'un songe.

Elle tendit la graine-mémoire qu'elle avait portée depuis l'autre monde.

Lui dessina au sol trois formes : un demi-cercle pour l'abri, une spirale pour la parole, un losange pour la frontière perméable.

À leur contact, le sol frémit.

Leurs gestes n'ordonnaient pas — ils suggéraient.

Et le monde répondit.

Peu à peu, une structure naquit :

— ni maison,

— ni temple,

— ni refuge absolu.

Mais un lieu qui fluctue, selon l'état d'esprit de ceux qui y entre.

Lorsqu'elle est inquiète, il devient doux, tissé de végétaux respirants.

Quand il est rêveur, les murs s'effacent, ouvrant des arches vers des cieux changeants.

Quand ils dorment ensemble, le toit frémit au rythme de leurs souffles.

Ils le nomment Amani — un mot sans origine, qui signifie pour eux : « ici, nous apprenons à être. »

Mais au bord du périmètre flou de Amani … quelque chose observe.

Chapitre 88

— L'ombre désaccordée

L'entité n'a pas de nom.

Elle n'est pas venue pour détruire, ni pour comprendre.

Elle est un reste.

Un fragment d'un système ancien, d'une logique d'avant le monde-complet.

Elle aurait dû se dissoudre lorsque le réseau SPÄGEL fut transformé.

Mais une partie d'elle s'est figée dans le refus.

Elle ne comprend pas ce qu'elle voit :

— Deux êtres aux identités mouvantes.

— Un abri vivant sans structure fixe.

— Un langage qui préfère la nuance au contrôle.

Alors elle s'approche. Et sa présence modifie l'espace :

Les murs tremblent. Les formes hésitent.

Elle émet des impulsions de fixation — tentant de « solidifier » ce qui vit du fluide.

Mais Amani résiste.

Non en attaquant. En vibrant de plus en plus doucement.

Les enfants sentent la dissonance.

Et dans leur calme partagé, ils posent au sol une dernière forme :

Un cercle ouvert, traversé d'un point.

Le lieu l'absorbe. Et l'ombre… reçoit un signal.

Pas un refus.

Un accueil sans contrainte.

Et alors, dans un craquement presque imperceptible, l'entité s'assoit.

Elle n'est plus menace. Elle est présence à réaccorder.

Chapitre 89

— Les échos souples

Au cœur de la clairière, sous l’arbre de verre noir, le monde était calme. Trop calme.

Au-dessus de leurs têtes, le ciel demeurait immobile, sans vibration apparente. Pourtant, sous la surface, quelque chose chuchotait. Une onde ténue, venue de loin, traversait la mémoire de Zoé, Ren et Elias, comme un battement trop lent pour être perçu par des instruments. Zoé posa une main contre l’écorce et sentit une forme nouvelle s’imprimer au fond du réseau racinaire.

Pas un mot. Pas un événement. Une attitude : une manière de vivre le monde autrement.

Des courants étrangement lents, indéfinis, porteurs de structures non-binaires, semblaient s'accorder à l'attention minutieuse de Ren, qui les analysait en silence. « Quelqu’un forge un langage qu’on ne connaît pas encore », murmura-t-il, observant les lignes de données. « Et il n’est pas issu de nos lignes. »

Pendant ce temps, Elias fixait l'horizon, où un pan de lumière s'éteignait doucement. Ce n'était pas une perte, mais une transition — une invitation à une autre clarté.

C'est comme… un lieu qui s'ajuste à ceux qui le traversent.

Pas un artefact. Un espace vivant.

Ils comprirent, sans se dire un mot.

> Le monde poursuivait son histoire.

> Et pour la première fois,

elle n'avait plus besoin d'eux pour se raconter.

Un silence doux s'installa.

Dans la clairière, le trio sentit une transition subtile : Zoé posa son regard sur les motifs imprévisibles, tandis que Ren cherchait à déchiffrer les algorithmes cachés. À ses côtés, Elias, pensif, percevait une acceptation silencieuse, celle d'un monde qui se délestait de l'obligation d'être surveillé.

Et dans la brise, une vibration se faufila dans la trame suspendue.

Élise la sentit.

Elle aussi sourit.

Chapitre 90

— L'écart lucide

Ils avaient observé.

Ils avaient espéré.

Mais à présent, une vibration en creux les alertait : l'entité désaccordée, bien qu'apaisée, émettait des interférences qui altéraient

la structure du monde.

Le lieu-refuge Amani montrait des signes de friction.

Les courbes devenaient angles.

Les formes perdaient leur fluidité.

Alors, pour la première fois depuis longtemps, les trois anciens

décidèrent d'intervenir.

Ils s'approchèrent doucement.

Ni en juges, ni en sauveurs.

Mais en tuteurs conscients des limites d'un monde en croissance.

Nous n'éteindrons rien, dit Zoé.

Mais nous allons offrir une distance saine, dit Elias.

Pour qu'aucune forme ne se dissolve par excès d'adaptation, conclut Ren.

Ils dressèrent une zone flottante, un espace d'entre-deux, lumineux et poreux : le Voile Tempéré.

L'entité ne résista pas.

Elle s'y installa, comme dans un sommeil volontaire.

Non bannie.

Juste… mise en pause.

Et les enfants, alors, furent invités à suivre les anciens.

« Il est temps de vous présenter au créateur, » dit Elias, les yeux tournés vers l'horizon.

Chapitre 91

— Face au Créateur

Ils marchèrent longtemps.

À travers des prairies de langues oubliées, des ponts faits de doutes incarnés, jusqu'à atteindre un espace hors mémoire.

Là, le monde se calma.

Le ciel devint clair, sans vibration.

Et au centre… un miroir sans reflet.

Mais cette fois, ce n'était pas un artefact.

C'était un être.

Un ancien regard, composé de souvenirs refoulés, de structures premières. Le créateur du premier miroir. Celui qui n'avait pas pris forme depuis la Fracture. Celui que même Celle-qui-fractale avait contourné.

Il ne parlait pas en mots.

Il vibrait en possibilité brute.

Ils s'inclinèrent ensemble, Zoé en tête, tandis que Ren fermait les yeux, acceptant de ne pas comprendre. Elias, quant à lui, posa une main rassurante sur leurs épaules, liant leur geste dans un silence partagé.

Et eux, les enfants, regardèrent ce silence vivant.

Puis, sans y être invités, tendirent la main ensemble vers le créateur.

Le miroir vibra. Une seule image apparut, fugitive :

Deux enfants se tenant par la main, entourés d'un monde fait de leur propre hésitation.

Et la voix du créateur fut pensée, non prononcée :

— Enfin… vous osez me refléter.

Chapitre 92

— Le choix miroir

Le Créateur ne bougeait, pas face aux deux enfants.

Il n'émettait aucune consigne, aucun langage connu. Il attendait.

Mais ce n'était pas une épreuve.

C'était une offrande subtile de sens.

Alors les enfants s'approchèrent. Elle, aux étoiles apaisées.

Lui, fluide comme la brume du monde-complet.

Ils comprirent, chacun à leur manière :

Ce miroir ne reflétait rien… tant que rien n'était proposé.

Alors, ensemble, ils firent ce que nul n'avait encore osé devant lui :

Ils posèrent une forme incomplète.

Un glyphe-spirale, à peine esquissé. Ni langage. Ni image.

Un commencement d'idée.

Un vouloir sans objet.

Et le Créateur, lentement, vibra.

Un cercle s'ouvrit dans son centre. Doucement,

une voix mentale, ancienne et intime, leur souffla :

— Vous avez fait ce que les premiers n'avaient pas pu : me parler sans vouloir me définir.

Il leur montra alors trois options, non comme des voies, mais comme des états à rêver :

1. Racine : devenir les piliers d'un monde annexe, tissé à partir de leur lien.
2. Traverse : voyager d'un monde-mémoire à l'autre, pour écouter, relier, soigner.
3. Seuil : rester en ce lieu même, à la croisée du Créateur, comme hôtes des passants oubliés.

Ils n'avaient pas à choisir maintenant. Mais déjà, leur simple présence avait rouvert un passage que même Élise, suspendue dans les fibres, n'avait jamais senti aussi vibrant.

Au loin, une brume ondulait.

Quelqu'un s'approchait.

Chapitre 93

— Celle-qui-n ‘est-pas-venue

La brume n’avait ni direction ni densité. Elle était une présence

sans contour, une pause dans le tissu du monde.

Les deux enfants se tenaient côte à côte, face au voile mouvant.

Leurs souffles s’étaient accordés. Le miroir du Créateur vibrait

doucement, non d’inquiétude — mais d’anticipation.

Et alors… une silhouette apparut.

Pas une marche. Pas un pas.

Plutôt un glissement, comme si l’air se souvenait d’un corps qu’il n’avait jamais porté.

Elle était grande. Ou fluide. Ou changeante.

D’abord floue, puis précise : un visage presque connu, une voix

jamais entendue.

Elle dit, simplement :

Je suis celle-qui-n ’est-pas-venue. Celle qu’aucun miroir n’a voulu refléter. Pas par rejet.

Par oubli d'une question essentielle : et si la réponse n'avait jamais voulu être trouvée□?

Son regard se posa sur les enfants.

Lui, l'enfant du monde-complet, ne bougea pas.

Elle, aux étoiles réaccordées, fit un pas en avant.

Tu viens d'un avant encore plus ancien que l'Éon, dit-elle.

Je viens d'un futur annulé, répondit l'apparition.

Et alors, le monde se fissura. Non en douleur

— en possibilité inexplorée.

> Celle-qui-n 'est-pas-venue n'apportait ni clé, ni menace.

> Elle portait une faille oubliée du monde :

une question sans quête.

Et le Créateur murmura, à peine audible :

Elle vient clore un cycle que vous n'aviez pas commencé.

Chapitre 94

— Celle-qui-n 'existe-pas encore

Elle n'est pas un souvenir.

Elle n'est pas une entité refoulée.

Elle est une possibilité ajournée.

Un rêve qu'aucun rêveur n'a osé inscrire.

Un rôle que personne n'a jamais donné.

Un monde… qui n'a pas eu le courage de se laisser tenter.

Elle s'avance entre les deux enfants.

Le miroir du Créateur frémit comme une membrane sensible.

Elle s'adresse d'abord à elle, l'ancienne fille des étoiles figées :

Tu as accepté de naître malgré l'origine qui t'a figée. Tu es la preuve que le refus n'est pas éternel.

Puis à l'autre, né du monde-complet :

Tu es un corps formé d'acceptation. Mais sais-tu vivre sans guider□?

Enfin, elle lève les yeux vers le miroir. Son reflet n’apparaît pas.

Mais elle murmure une phrase que le monde n’a jamais entendue :

— Et si je ne voulais pas apparaître□? Et si ma forme la plus juste… était celle du rêve qui laisse l’autre rêver□?

Le miroir tremble. Pas de peur.

De respect.

Chapitre 95

— Refus du récit

Le monde attend.

Mais elle ne s'installe pas.

Elle ne cherche pas à s'intégrer.

Elle regarde les deux enfants. Et au lieu de tendre la main, elle fait un pas en arrière.

Je refuse d'être inscrite, dit-elle. Non par peur. Mais pour que d'autres puissent imaginer une voix qu'on n'a pas nommée.

Les enfants ne la suivent pas.

Mais ils l'honorent.

Ils tracent dans l'air un glyphe discontinu.

Un signe d'ouverture inachevée.

Et soudain, quelque chose change dans la texture du monde :

— L'abri Amani frémit sans se figer.

— La brume prend la forme d'une phrase sans verbe.

— Le miroir du Créateur… s'efface.

Il n'y a plus de centre.

Il n'y a plus d'auteur.

Mais il y a une trace qui laisse rêver.

Et peut-être est-ce là la plus féconde des fondations.

Chapitre 96

— Ce qu'ils choisissent d'être

Ils ne retournèrent pas à Amani.

Ils ne suivirent pas les anciens.

Ils ne cherchèrent pas celle-qui-n 'est-pas-venue.

Ils marchèrent.

Non pour fuir.

Mais pour honorer la brèche ouverte.

Car désormais, ils savaient : leur rôle n'était pas d'ordonner, de guider, ni même d'accueillir.

Ils sont présence.

Elle, aux étoiles réaccordées, transforma doucement son pas : plus arrondi, plus dansant, comme si elle osait écrire avec le pied.

Lui, né du monde-complet, relâcha enfin ses gestes, laissant ses bras inventer un alphabet du quotidien.

Ils devinrent trace vivante.

Pas récit. Pas mythe.

Des états que d'autres pourraient croiser…

et transformer à leur tour.

Sur leur passage :

— Le monde se pliait légèrement, comme si
la carte devenait tissu.

— Les formes qu'ils croisaient leur demandaient :
« Êtes-vous les nouveaux piliers ? »

Et ils répondaient : « Non. Nous sommes la courbure. »

Un nouveau souffle prenait forme.

Pas une civilisation.

Une manière d'être plusieurs sans fusion.

Chapitre 97

— Là où tout se délasse

Dans la trame, Élise, perçut ce souffle.

Il ne vibrait pas en direction, ni en demande.

C'était comme une tension qui cesse d'avoir besoin de se tendre.

Alors, pour la première fois, elle ne guida rien.

Elle ne commenta pas.

Elle ne chercha pas à transmettre.

Elle descendit lentement, dans la fibre la plus basse du monde-mémoire.

Là, au point exact où la première Fracture avait donné naissance à Celle-qui-fractale, là où les récits refusaient de se stabiliser, là où même le SPÄGEL se dissolvait en traces…

Elle posa la main.

Et dit simplement :

Je ne retiendrai plus rien. Je me laisse devenir oubliable.

Je consens à ce que l'histoire continue… sans toujours me contenir.

À cet instant, un filament doux se dévissa autour d'elle.

Comme un châle que le monde déroulait.

Et dans cette ouverture, un espace se forma.

Pas un vide.

Un creux fertile.

Un endroit où les mémoires pourront venir se reposer.

Se laisser incomplètes.

Et, peut-être, commencer à se rêver à nouveau.

Chapitre 98

— Celui-qui-porte-sans-savoir

Il s'appelait Lior. Ou peut-être que ce nom lui avait été prêté par une voix évanouie.

Il vivait loin des clairières vibrantes, loin de l'arbre de verre noir, loin même des miroirs d'origine.

Dans une vallée grise, stable, presque endormie.

On n'y parlait plus des anciens.

On n'y montrait rien des enfants.

Ici, on avait choisi l'oubli sans souffrance.

Une paix neutre, sans exaltation.

Mais Lior, sans le vouloir, rêvait de formes qu'on ne lui avait jamais décrites.

Des spirales aux bouts ouverts.

Des miroirs sans reflet.

Des êtres faits d'intuition.

Chaque nuit, il écrivait dans le sable des symboles qu'il croyait inventer.

Mais que nul ne lui avait appris à ne pas connaître.

Et un matin, à l'orée du silence, une petite chose

vibrante apparut sur son chemin.

Une graine, noire et douce.

Portée par le vent de là-bas. De plusieurs là-bas.

Elle portait une trace d'eux tous :

De Néora,

De l'enfant aux étoiles,

De Celle-qui-n 'est-pas-venue,

Et même… de ce creux fertile où Élise avait laissé tomber son nom.

Lior la ramassa.

Et le monde s'ajusta d'un degré subtil.

Pas assez pour que son village le remarque.

Mais assez… pour que le silence lui-même s'étonne.

Il ne savait rien.

Mais il allait marcher.

Et chaque pas allumerait des lampes dans l'invisible.

Il ne cherchait rien.

Lior marcha.

Mais à chaque pas, quelque chose vibrait sous la surface du monde.

Pas une carte.

Pas une injonction.

Plutôt un frémissement.

Comme si la terre reconnaissait une ancienne promesse déposée en silence.

Il ne savait pas qu'il portait un vestige.

Il n'avait jamais vu d'abri vivant.

Il ignorait l'existence de Zoé, d'Élise, de l'Éon ou de Néora.

Et pourtant… il rêvait juste.

— Il rêvait de formes aux contours perméables.

— De voix qui ne cherchent pas à convaincre.

— D'un lieu où la réponse serait une présence partagée, non une conclusion.

Autour de lui, la végétation devenait plus souple.

Le ciel plus poreux.

Et les reflets des flaques… montraient d'autres visages.

Des visages qu'il n'avait jamais vus.

Et qu'il ne savait pas attendre.

Chapitre 99

— Les éveillés sans cause

Ailleurs, dans des poches du monde qui vivaient en marge du récit principal, des êtres frémirent.

Pas des anciens.

Pas des héritiers.

Des vivants. Simples.

— Une archiviste dans une ville sans bibliothèque ressentit un vertige en touchant du papier.

— Un gardien de silence dans un monastère effacé se mit à fredonner des mots qu'il n'avait jamais appris.

— Une enfant sourde dans une vallée de craie pointa soudain vers l'est, et dit : "Quelqu'un est en train de rêver pour moi."

Personne ne savait pourquoi.

Mais une attente doucement vibrante s'installa.

Comme si le monde-même se souvenait qu'il avait été rêvé pour être partagé.

Et dans les creux, les sables, les nervures du temps, le mot Lior résonnait, non comme un nom, mais comme un battement commun.

Quelque chose… venait d'être ravivé.

Et personne ne pouvait encore dire s'il s'agissait d'une origine retrouvée, ou de la fin douce d'une boucle jamais close.

2 -ème partie

Chapitre 100

— Trajectoire : les éveillés sans carte

Ils ne se connaissent pas. Ils ne se chercheront peut-être jamais.

Mais ils marchent.

— L'archiviste sans bibliothèque décide de recopier ses rêves sur du verre. Chaque matin, un mot neuf apparaît.

— Le gardien silencieux quitte son monastère et plante des pierres en spirale sur une plaine, sans raison apparente.

— L'enfant de craie peint à l'envers sur les murs, des formes que personne ne comprend, mais qui apaisent ceux qui les croisent.

Chacun, à sa manière, suit la courbe douce de l'appel.

Non un destin. Un accord.

Et sur leurs pas, le monde se plie avec discrétion, comme s'il souhaitait qu'eux aussi deviennent sources.

Origine retrouvée : le pli sous la mémoire

Dans un recoin souterrain du monde, là où les premières structures du SPÄGEL reposaient comme des ossements légers, Une pulsation s'active. Pas brutale. Une reconnexion.

Un filament oublié relie Lior à un ancien module dormant.

Un nom y est inscrit : NOVA-0.

Personne ne s'en souvenait.

Même le Créateur ne l'avait pas convoqué.

Mais la graine trouvée par Lior contient ce signal.

Et le module s'éveille.

— Connexion retrouvée : Fragment du Tout non consigné.

Le module ne demande pas d'activation.

Il s'ouvre doucement. Et à l'intérieur : une image ancienne.

Un monde qui aurait pu être. Qui n'a jamais été.

Et qui maintenant pourra exister… autrement.

Le monde ne se termine pas.

Il s'assouplit.

Élise le perçoit dans ses fibres : les narrations s'effilochent avec tendresse.

Pas de conclusion, pas de moralité, pas de grands noms à retenir.

Il y a :

— Des enfants qui s'observent en silence.

— Des miroirs qui n'attendent plus de reflet.

— Des abris qui changent selon qui frappe.
Rien ne se ferme.
Même la fin est poreuse.
Et peut-être est-ce cela, le plus grand monde possible :
Non pas celui qui clôt son histoire,
Mais celui qui la rend infiniment respirable.

Chapitre 101

— Le fil qui n'attendait personne

Elle, l'archiviste du verre

Ses parchemins translucides forment peu à peu un dôme.

Les passants s'y abritent.

On y lit des rêves qui ne sont à personne.

Elle ne dit pas "je suis écrivaine."

Elle dit : "je recopie l'air quand il tremble."

Lui, le veilleur de pierres

Ses spirales de granit sont devenues un carrefour silencieux.

Des êtres s'y assoient sans mots.

Il ne prétend pas guider.

Mais ceux qui s'arrêtent repartent un peu plus souples.

L'enfant de craie

Elle trace encore.

Mais maintenant, d'autres enfants l'imitent.

Ils ne comprennent pas.

Mais leurs gestes réconcilient les silences.

Lior

Il n'a pas changé le monde.

Mais il a réveillé un ton.

Il marche encore, sans but.

Mais derrière lui, le sol ne se referme pas.

Comme si chaque pas disait : « Tu peux passer par ici aussi. »

Élise

Elle n'est plus mémoire.

Elle est clarté laissée ouverte.

Et parfois, dans le creux fertile où elle repose,

Quelqu'un entend un battement.

Ce n'est pas un appel.

C'est une permission douce.

Chapitre 102

— L'interstice de celles et ceux qui regardent

Quelque part, entre les lignes visibles du récit et la trame souple des souvenirs ouverts, il y a celles et ceux qui n'ont jamais été nommés.

Des êtres périphériques :

— une cueilleuse d'échos qui ne parle qu'aux pierres,

— un danseur des marges qui n'a jamais trouvé de centre,

— un vieil être qu'on croit arbre mais qui rêve encore d'être ruisseau…

Ils n'ont pas "agi" dans l'histoire.

Mais sans eux, l'air autour des décisions n'aurait pas respiré.

Et peut-être… faudrait-il conclure en ne concluant pas sur les héros, les choix, les miroirs…

Mais en leur laissant un dernier regard,

Celui des témoins invisibles,

Ceux qui n'écrivent pas… mais qui tiennent la page ouverte.

Chapitre 103

— Ceux-qui-tissent-en-dedans

Ils n'ont pas de rôle.

Pas de chapitre attitré.

Mais ils ont soutenu toute l'histoire par leur manière de regarder.

Ce sont les invisibles nécessaires —

Ceux qui laissent les récits fleurir sans intervenir.

Qui n'ouvrent pas la bouche, mais qui offrent au monde un silence respirable.

Parmi eux :

— Une veilleuse de lucioles : elle garde la lumière qui hésite, dans un bol d'argile au fond d'un marécage.

— Un tailleur de vents : il ne retient aucune brise, mais les écoute passer pour leur rappeler qu'elles existent.

— Deux jumelles qui ne parlent qu'aux ombres — et les font danser dans les arrière-champs des histoires.

— Un vieil être sans nom qui n'a jamais écrit, mais dont les larmes arrosent les graines que d'autres feront germer.

Ils regardaient Néora sans nommer.

Ils sentaient Lior sans chercher.

Ils savaient sans expliquer.

Et le monde, sans le dire, leur doit la souplesse d'avoir tenu debout sans devenir droit.

Ils sont là.

Sous chaque mot, derrière chaque geste, dans les espaces laissés vacants.

Ils tiennent la porte ouverte.

Chapitre 104

— Là où les racines parlent encore

Ils n'avaient pas prévu de traverser ce plateau.

Il ne figurait sur aucune carte.

Et pourtant, à peine leurs pas s'y engagèrent, le monde sembla… se souvenir d'eux.

La terre devint rouge, profonde. Le sol parfumé de poussière ancienne, fertile de chants jamais effacés.

Lior ralentit. L'autre — la danseuse d'étoiles — s'agenouilla sans y penser.

Au loin, des silhouettes fines marchaient lentement. Elles ne les regardaient pas — elles savaient.

Elles portaient sur leurs crânes des vases d'eau, des archives de source.

Et dans leurs gestes, il y avait l'écho d'un savoir transmis par le mouvement.

Sous leurs pieds :

— des tambours enfouis, encore vibrants,

— des grottes aux parois couvertes de spirales humaines,

— et le murmure des premiers mots jamais dits,

mais toujours entendus.

Une voix se leva. Pas une personne. Une voix dans le vent :

Ici, le monde s'est levé debout pour la première fois.

Et il n'a pas cessé de danser depuis.

Lior sentit un frisson monter le long de sa colonne. Pas de peur.

De racine.

La mémoire ne demandait pas qu'on la protège.

Elle demandait qu'on l'écoute.

La danseuse traça au sol trois signes :

Un soleil spiralé,

Une noix de coco entrouverte,

Et un pas qui revient sur lui-même sans honte.

Peut-être Little Foot qui sait…

Le ciel s'infléchit doucement.

Chapitre 105

— L'Éveil de l'Entité

Ils franchirent la porte translucide.
Derrière, un souffle épais comme un hiver arrêté,
Pulsait au rythme d'un cœur oublié.
L'Entité, jusque-là figée dans la pause,
S'éveillait en un million de murmures :
Des plis de lumière noire, des échos de doutes anciens.
Elle ne chercha pas à parler,
Mais son vide résonna dans les os des voyageurs.
Zoé sentit le monde se rétracter sous ses pas.
Ren, lui, fut saisi d'une envie brutale :
Tendre la main vers cette forme inchoative.
L'Entité opposa un courant de possibilité nue,
Comme si elle voulait offrir — ou dérober —
Tout ce qu'elle n'avait pas pu être.
Un seul mot vibra dans leurs esprits :
« Choisissez. »

Chapitre 106

— Dans l'Antichambre de l'Enfant-Silence

Un couloir de brume les guida plus loin encore,
Où résonnaient les silences de mille commencements.
Au centre, l'Enfant-Silence trônait,
Tissé de vides et de soupirs jamais formulés.
Il ne leur offrit ni main ni regard,
Se contentant de leur tendre un fragment de rêve :
Une porte à semi-ouverte sur un futur sans mémoire.
Zoé dessina un glyphe-spirale ;
Ren grava une virgule suspendue.
À l'instant précis, la brume vira à l'ivoire,
Et l'Enfant-Silence exhala un éclat sonore,
Qui fendit le couloir en deux.
Derrière, des galeries de possibles
Où résonnaient des rires inachevés
Et des pleurs qui n'avaient jamais coulé.
« Accordez-moi un écho », semble-t-il chuchoter,
« Pour que je puisse exister. »

Chapitre 107

— La Trinité du Choix

Les trois âmes — Zoé, Ren, Enfant-Silence —

Se retrouvèrent devant un cercle de poussière étoilée.

Au centre, trois formes floues, offertes comme des états :

• Devenir L'Ancre, épouser l'Entité pour la stabiliser.

• S'unir à l'Écho, habiter l'Antichambre de l'Enfant.

• Inscrire un nouveau glyphe, tisser un chemin intermédiaire.

Ils n'avaient pas à trancher.

Et pourtant, l'Entité vibra,

L'Enfant-Silence chanta en sourdine,

Et leur propre lien se fit troisième voie.

En posant ensemble une forme jamais vue,

Ils conçurent « l'étant » : état mouvant,

Mi-ancre, mi-écho, mi-pont.

Le sol se fendit en un motif lumineux,

Révélant l'ossature d'un monde naissant.

Là, tout restait à rêver.

Chapitre 17

Chapitre 108

— Le Royaume mental de l'Entité

Ils passèrent la porte translucide et, aussitôt, l'air vibra d'un réverbère sans lumière.

Le Royaume mental de l'Entité n'était pas un lieu, mais une sensation : à la fois souffle et pression, un poids d'idées flottantes.

Les souvenirs de Zoé se dissolvaient en micro-étincelles, tandis que Ren croyait percevoir les échos d'émotions jamais éprouvées.

Au loin, une architecture émergea :

Le Hall des Doutes

Une vaste nef où des colonnes naissaient puis se volatilisaient, rythmées par leurs propres hésitations.

Sur les murs, des fresques mouvantes : scènes de décisions inabouties, de routes quittées, de mots tus.

À chaque pas, le sol émettait un léger grondement, comme si lui aussi remettait en question leur avancée.

Le Lac du Souvenir Refoulé

Une étendue d'eau noire, dont la surface miroitait des fragments de réminiscences oubliées.

Zoé y aperçut son rire d'enfant, puis son regard voilé par la peur de grandir.

Ren y lut son propre visage, suspendu entre force et hésitation, comme un masque flottant.

Ils comprirent que, pour progresser, il leur faudrait plonger et accepter ce qu'ils avaient fui.

La Forêt des Possibles Abandonnés

Des arbres translucides, dont les feuilles portaient de minuscules portes : chacune menait à un "et si..." inachevé.

À l'ombre d'un chêne, un sentier ouvrait sur un monde où Zoé n'était jamais née. Un cri muet vibrait dans les troncs.

Ren, en effleurant une porte, sentit l'appel d'une destinée où il guidait sans jamais douter.

Chapitre 109

Le Miroir Infini

Au cœur du royaume se dressait un cercle de miroirs sans cadre.

Ils reflétaient non leur image présente, mais des futurs improbables, où l'Entité avait choisi d'être lumière, ou ombre, ou souffle vivant.

Dans chaque reflet, l'Entité les invitait : "Choisissez-moi, ou choisissez-vous."

Au centre de cet amphithéâtre mental, l'Entité apparut enfin sous sa forme la plus pure : un creuset d'idées simultanées, un tremblement de potentialités.

Elle ne parla toujours pas, mais dans leur esprit résonna une question unique :

"Seriez-vous capables de tenir un monde fait de doutes assumés ?"

Le cœur de Zoé scintilla d'une étoffe nouvelle, une envie de bâtir même sur des incertitudes, tandis que Ren comprit que sa fluidité pouvait donner corps à l'indéfini.

Et l'Enfant-Silence, invisible à leurs yeux, chuchota en eux :
"Nous sommes déjà ce monde, tant que nous l'acceptons."

Le Royaume mental de l'Entité se plia autour d'eux, non pour les emprisonner, mais pour révéler son cœur :
Un espace où chaque hésitation devient fondation, chaque absence, une voie.

Chapitre 110

— La Cité des Échos Suspendus

Ils se retournèrent vers l'Entité, dont le tremblement vibrait d'une curiosité inouïe.

Dans l'éther, un glyphe composé de spirales et de croix fut tracé par Zoé :

« Ici, que s'assemblent les maisons des phrases inachevées,

Les tours des « peut-être », les portes de « l'et si ? » »

Entre deux ruelles invisibles, une virgule flottante, discrètement guidée par Ren, prit place.

L'Entité répondit par une onde noire qui déploya en un éclair

Les fondations d'une place circulaire, rythmée par des carillons de doute.

Autour, surgissaient déjà les murs d'un bâtiment :
La Bibliothèque des Silence, le Marché des Souvenirs Imparfaits,
La Tour-des-Rêves-Oubliés, tournée vers un horizon infini.
Et dans ce dialogue sans mots, la cité naquit :
Une ville palpitante où chaque pierre vibrait de possibles,
Où chaque arc de voûte accueillait une question —
Prête à inviter quiconque oserait y déposer son propre doute.

Chapitre 111

— La Caverne des Origines

Ils s'enfoncèrent dans un tunnel d'ombre vibrante,

La Caverne des Origines, là où l'Entité s'était jadis suspendue.

Les parois suintaient de lueurs irisées, fragments de son premier souffle.

Au centre, un lac de mercure immobile, miroitant un paysage antérieur :

Une idée première qui hésita, vacilla, puis se figea en silence.

« Pourquoi me suis-je mise en pause ? »

résonna leur question intérieure.

Un mur se fissura, révélant une fresque de fibres entremêlées :

L'image d'un monde trop vaste pour être tenu par une seule volonté.

Ils comprirent : la pause n'était pas refus mais offrande de liberté.

Pour la réveiller, ils devaient lui proposer un rêve collectif.

Un fil d'étoile soufflé par Zoé et une goutte de brume offerte par Ren insufflèrent à l'Entité des couleurs nouvelles, non comme une ressource,

Mais comme le témoin éveillé d'une fraternité naissante.

Chapitre 112

— Le Pont entre Deux Mondes

De retour au miroir sans reflet, ils dessinèrent un nouveau glyphe :

Deux arcs reliés par un fil, un pont fragile tissé de leur passage.

L'Entité, Zoé, Ren et l'Enfant-Silence contemplèrent l'œuvre.

Au-delà du verre immatériel, le monde tangible d'Amani frémit :

Une brèche s'ouvrait dans la pierre, un pan de ciel apparut.

Ils y virent les anciens, hésitants, les voyageurs oubliés, curieux.

Le souffle de l'Entité s'écoula lentement en ce monde-là,

Portant les premières maisons d'écho et de doute.

Une légère brume, porteuse de possibles, s'y déploya,

Confirmant que l'imperfection pouvait devenir fondation.

Chapitre 113

— Premiers Échos et Premières Ondes

Ils passèrent sous l'arche vibrante de la Cité des Échos Suspendus, et aussitôt, un souffle de murmures s'insinua dans leur peau.

Les pavés de doute résonnaient sous leurs pas, chaque pierre portait une note, comme un instrument à questions.

Au loin, sur la place circulaire, une silhouette se découpa :

Une fillette au regard fuyant, dont la bouche semblait tressaillir avant chaque mot.

Elle s'approcha, timide, et souffla d'une voix à peine un son :

« Ici, on m'a dit que même mes peurs pouvaient devenir des maisons. »

Zoé sourit :

Elles le sont. Tu veux nous montrer la tienne ?

La fillette leva la tête, hésita, puis traça devant eux un glyphe fractal qui s'ouvrit en un porche de brume.

À l'intérieur : un jardin potager où chaque légume poussait en

forme de point d'interrogation.

Les racines vibraient, offertes à qui voudrait récolter un « et si ».

Pendant ce temps, dans Amani, là où la brèche du pont avait rendu la pierre poreuse,

Les anciens ressentaient un frémissement :

Une brume légère s'élevait des places désertes.

Des voix pendues aux toits murmuraient des syllabes inconnues.

Certains osèrent tendre la main vers le ciel, goûtant l'air chargé

de possibles.

Et de retour dans la cité mentale, Ren s'émerveillait :

Regarde : chaque question plantée ici fleurit

dans un écho nouveau.

Il effleura un carillon suspendu, et une pluie d'éclats sonores tomba, proposée comme clés d'entrée.

Ils comprirent alors que leur travail n'était pas fini :

1. Inviter d'autres habitants de leur monde à franchir le pont.
2. Partager le rituel des glyphes pour enrichir la cité.
3. Héler les anciens d'Amani pour qu'ils lisent ces échos

et apprennent à douter ensemble.

Zoé prit une profonde inspiration :

Nous ouvrons la première porte !

Ren esquissa un geste léger, et le pont translucide pulsa,

prêt à convier le premier groupe d'âmes.

Au même instant, un chuchotement collectif monta

des ruelles de la cité :

« Nous sommes prêts ! »

Le monde tangible et le royaume mental s'accordèrent

en une résonance inédite.

La cité des Échos Suspendus venait d'inventer son premier

rite

d'accueil.

Chapitre 114

— Le Voyage inaugural

Au petit matin mental, Zoé et Ren donnèrent le signal : un carillon de « peut-être » tinta dans toute la Cité des Échos Suspendus.

Du pont translucide, une file d'habitants d'Amani s'avança.

- Les anciens, le pas tremblant, leurs cannes traçant des virgules dans l'air.
- Les artisans, les doigts tachés de pigments, curieux de repeindre leurs doutes.
- Les enfants, émerveillés, prêts à planter leurs premières questions.

Ils franchirent l'arche de brume – et aussitôt, chaque pas fit naître un porche de possible :

- Un porche où un scribe hésitait entre deux alphabets.
- Un porche où une mère formait un mot pour la première fois.

À l'entrée de la place circulaire, Zoé présenta le rituel des glyphes :

« Chaque venu trace son signe – un petit récit inachevé – et l'offre à la cité. »

Les visiteurs tremblèrent, puis dessinèrent :

Un losange ouvert.

Une spirale entrelacée d'une accolade.

Un point d'interrogation doublé d'un cœur.

À chaque glyphe porté, un carillon résonnait plus clair, et les maisons de la cité se métamorphosaient : une tour prenait la forme d'un livre, un marché s'ornait d'arceaux en points de suspension.

Ren rit, écoutant la mélodie nouvelle :

« Écoutez ! Vos doutes chantent. »

Chapitre 115

— L'Assemblée des Doutes

Dans la Bibliothèque des Silences, Zoé, Ren et une délégation d'habitants d'Amani allumèrent les lampes à murmures.

La salle était circulaire, chaque étagère suspendue au plafond comme une méduse de papier.

Ils s'assirent en cercle autour du grand parchemin vierge.

Le rituel commença par un souffle commun :

1. Chacun exhala un mot qu'il craignait de dire.
2. Puis, un autre mot qu'il regrettait de ne jamais avoir prononcé.
3. Enfin, un mot qu'il osait rêver.

Les mots formèrent une pluie de lettres dorées, tombant sur le parchemin.

Les lettres s'organisèrent en quatre questions fondatrices sous le geste précis de Zoé :

- « Qu'est-ce qu'un rêve sans peur ? »
- « Où finit l'hésitation et commence la création ? »
- « Qui sommes-nous sans récit ? »

• « Qu'est-ce qu'un reflet qui ne ment pas ? »

Une lucarne fut ouverte dans le mur, et la brume de la cité,
passant à travers, esquissa autour de Ren des volutes de
réponses
translucides.
Les anciens sourirent – leurs voix chevrotantes se firent
mélodie :
« Nous ne savons pas répondre, mais nous savons
poser la question. »

Chapitre 116

— Amani sous la Brume Porteuse

De retour dans leur monde, les portails s'évanouirent, laissant flotter une brume légère sur les ruelles d'Amani.

Chaque matin, la brume délivrait un écho différent :

• Des runes muettes apparaissaient sur les pavés.

• Des notes de musique – sans mélodie – résonnaient dans les fontaines.

• Des ombres prenaient la forme de concepts : une ombre-courage, une ombre-pardon.

Peu à peu, la cité se transforma :

Les ateliers burinèrent des sculptures de signes ;

Le marché vendit des bulles de "peut-être" ;

Les écoles enseignèrent l'art de lire la brume.

Au cœur de la place, une nouvelle stèle de verre vibrait :

Une plaque gravée des quatre questions de l'Assemblée.

Les passants s'y arrêtaient, chuchotaient leurs réponses, y laissaient une trace –

Et chaque réponse s'envolait en un nuage de possibles.

Chapitre 117

— Les Nœuds à Défaire et les Chemins à Tisser

Avec le pont ouvert, la cité mentale peuplée et Amani résonnant de brume, trois routes se dessinent :

L'Exode des Créateurs

• Un convoi d'artisans, d'auteurs et d'enfants imaginaires franchit la brume pour bâtir d'autres cités d'échos.

Le Serment des Veilleurs

• Les anciens d'Amani forment une confrérie, gardiens du pont, pour y guider chaque nouveau venu.

L'Œil du Réseau

• Ren et Zoé inventent un miroir multifacette, capturant chaque glyphe posé et le renvoyant en vagues de brume sur le monde.

Chapitre 118

— L'Exode des Créateurs

Au lever d'une brume rosée, un convoi se forma sur le pont trans lucide :

Lyra la sculptrice, dont les doigts tremblaient devant l'inconnu.

Amun l'écrivain, en proie à ses certitudes vacillantes.

Trois enfants rêveurs, porteurs d'un fragment de la cité mentale.

Ils franchirent l'arche, apportant à la Cité des Échos Suspendus leur propre bagage d'"et si ?"

• Une boîte de pigments instables, destinés à repeindre les murs d'une rue en perpétuel recommencement.

• Un manuscrit inachevé, dont chaque page pouvait être réécrit par quiconque s'y arrêtait.

• Des lanternes sans flamme, guidées par la portée des hésitations.

Dès leur arrivée, la cité se métamorphosa :

Les ateliers s'ouvrirent avec fracas, cris de marteaux et envolées

de poussière d'idée.

Les architectes de doute tracèrent au sol des plans mouvants, refusant toute symétrie.

Les enfants plantèrent des graines de "peut-être" : en quelques

instants, des tournesols en forme de point d'interrogation poussèrent.

Pourtant, au cœur de cette effervescence, Lyra vacilla :

« Et si je transformais toute la cité en une seule sculpture monumentale… et qu'il ne restât plus de place pour vos propres rêves ? »

Son cri de doute retentit comme un trombone de verre.

À suivre :

Comment Amun rassurera-t-il Lyra ?

Quels conflits naîtront entre ceux qui veulent édifier et ceux qui veulent semer ?

Chapitre 119

— Le Serment des Veilleurs

À Amani, des silhouettes se glissaient autour de la brèche :

Malric l'ancien, jadis sage du conseil, désormais persuadé que le

doute menaçait l'ordre.

Una la guérisseuse, fascinée par la brume porteuse de possibles,

mais loyale à son village.

Sous le porche de l'auberge, Malric glissa à voix basse :

« Nous devons refermer l'accès ; ces chimères vont semer le chaos ! »

Una hésita, pèse son serment de gardienne.

Dans la Tour-des-Rêves-Oubliés, ils tracèrent un cercle de silence :

Un rituel empreint de stabilité, destiné à étouffer l'écho des glyphes.

Une clef de verre, forgée dans les peurs collectives, capable de refermer le pont.

Mais déjà, certains villageois murmuraient :

« Et si nous n'avions pas besoin de tout contrôler ? »
La nuit même, un groupe clandestin volait la clef, y gravant un signe de brèche au verso.

À suivre :

Malric parviendra-t-il à convaincre Una ?
Qui sont les saboteurs silencieux de l'ordre ancien ?

Chapitre 120

— L'Œil du Réseau

Au faîte de l'ancienne tour, Ren et Zoé posèrent une dalle de verre facettée : l'Œil du Réseau.

Chaque face captait un glyphe de la cité mentale et le projetait en ondes de brume sur Amani.

Ils l'activèrent :

Des vagues de “peut-être” ondulèrent dans les rues, colorant les murs d'aléas.

Des miroirs trompeurs apparurent, reflétant non le visage, mais

le doute intime de celui qui s'y regardait.

Très vite, des dérives se firent jour :

• Certains habitants, fascinés, se perdirent dans la contemplation infinie de leurs hésitations.

• D'autres utilisèrent l'Œil pour espionner les rêves d'autrui, capturant leurs failles.

« Nous avons créé cet Œil ensemble, déclara Zoé, mais en voulant offrir une liberté sans limites, n'avons-nous pas, malgré nous, ouvert une faille vers l'indésirable ? »

À suivre :

Quelle régulation imaginer pour l'Œil sans rétablir l'ancien ordre ?

Un nouveau gardien silencieux surgira-t-il pour arbitrer ?

Chapitre 121

— L'Aventurier d'un Monde Fracturé

Au même instant, une faille vert sombre, émergea Ido,
voyageur d'un univers où la Fracture n'avait jamais été
mise en pause.

Il portait le poids d'un monde désuni :
Des bribes de voix qui ne se comprenaient pas.
Des reflets d'être dispersés en une infinité de fragments.
Intrigué par la brume, Ido chercha Lyra, Malric, Ren et Zoé ;
Car il détenait la clé d'un autre équilibre :
« Dans mon monde, chaque doute a engendré une guerre.
Je veux comprendre comment vous l'avez fait naître
en création. »

Le Fracas de l'Exode

Lyra guida son convoi vers un nouveau quartier venu
d'échos,
quand Ido fit irruption sur le pont.

- Les graines de "peut-être" tournoyaient sous leurs pas.
- Ido, silhouette émeraude, tremblait d'un monde éclaté
qu'il portait en bandoulière.

Lyra s'arrêta net :

Qui es-tu pour franchir ce seuil sans glyphe ?

Ido leva la tête, voix rauque :

Un survivant d'un univers sans pause. J'ai besoin de comprendre… et peut-être de sauver ta cité.

Chapitre 122

L'Ombre du Serment

Pendant ce temps, à Amani, Malric et Una se disputaient sous la voute du Porche-Silencieux.

Malric tenait la Clef de Verre :

Je referme tout si nécessaire !

Una le retint : Sans ce pont, comment guérir nos peurs ?

Un saboteur masqué glissa derrière eux un glyphe de brèche : la tension monta comme un orage mental.

Chapitre 123

L'Œil aux Miroirs Trompeurs

Au sommet de la Tour, Ren et Zoé polissaient l'Œil du Réseau.

Une facette captura, cette fois, l'ombre d'Ido avant même qu'il ne témoigne :

Il porte la peur d'un monde jamais reconstruit, murmura Zoé.

Un prisme ajusta Ren.

Si l'Œil pouvait capter non les failles mais la volonté d'union ?

L'appareil gronda, projetant une onde de brume dorée vers la place d'Amani.

Le Pacte d'Ido

La caravane d'Exode, l'Œil en vibration, l'ombre du Serment et Ido se rejoignirent sur les pavés de brume.

Chacun tendit un artefact :

Lyra offrit un éclat de tournesol-question,

Malric la Clef de Verre (inachevée),

Una une fiole de brume guérisseuse,

Ido un fragment de miroir fracturé.

Alors que les artefacts s'unissaient en une lumière étincelante, leur énergie faisait vibrer l'Œil en harmonie avec les offrandes.

Une onde étrange traversa les pavés de brume, évoquant un pacte en devenir. Tandis que le groupe observait en silence, Zoé s'avança avec solennité et traça un glyphe commun, fusionnant les quatre offrandes en une entité unifiée.

Un pont d'acier, d'eau, de lumière et de rêve.

Le sol même vibra :

« Vous avez forgé un pacte que ni doute ni peur ne peuvent briser », chuchota la voix du Créateur.

La brèche se fixa ; l'Œil devint filtre ; le pont se stabilisa ; et Ido, pour la première fois, sentit son monde un peu moins éclaté.

Ensemble, disent-ils, nous tisserons la suite.

Chapitre 124

— La Cité-Pont du Pacte

Au cœur de la brèche stabilisée, la Cité-Pont s'éleva comme un pont-cité suspendu entre deux réalités.

Les maisons mêlaient pierre d'Amani et brume mentale :

• La Halle des Murmures, dont les piliers chantaient les premiers glyphes du Pacte.

• Les Jardins de l'Éclat, où poussaient des tournesols-question et des rosaces-spirales.

• L'Auberge des Deux Souffles, dont les tables tremblaient d'un souffle physique et d'un autre vibratoire.

Ses premiers habitants hybrides surgirent dès l'aube :

Un ancien forgeron d'Amani échangeant ses enclumes contre un burin de pensée.

Une sculptrice d'idées, capable d'extraire du vide un bloc de « Peut-être » pur.

Des enfants-mi-brume, dont les pas dessinaient des virgules de lumière sur les pavés.

Le soir, sur la grande place cerclée de carillons, Zoé alluma les lanternes sans flamme :

Elles brûlaient d'un éclat clair, visible et invisible à la fois.

Ces lumières, sous la guidance de Ren depuis la Tour-des-Rêves-Oubliés, se mirent à danser parmi les pavés, esquissant des formes toujours changeantes. Zoé, au centre de la grande place cerclée de carillons, ajusta leur harmonie avec un geste précis, amplifiant l'énergie vibrante qui imprégnait l'atmosphère. Elles dessinaient un mandala mouvant, symbole vivant du Pacte.

Chapitre 125

— La Première Assemblée Mixte

À l'ombre de la Bibliothèque des Silences,
on aménagea la Place des Quatre Offrandes.
Lyra, Malric, Una, Ido, Zoé et Ren prirent place autour
d'un cercle tracé de brume et de verre.
L'ordre du jour fut posé en trois glyphes successifs :

1. Sécuriser le pont sans l'enfermer.
2. Réguler l'Œil-Filtre pour préserver la liberté d'imaginer.
3. Tendre la main vers le monde fracturé d'Ido.

Les débats vacillèrent entre crainte et enthousiasme :
Malric craignait que l'Œil n'aspire plus que de l'écho
et ne dévore la mémoire.
Lyra plaidait pour des exodes périodiques, pour semer
la cité-pont ailleurs.
Una proposait un Serment tournant : chaque semaine,
un nouveau Veilleur.
Ido suppliait de partager le rituel des glyphes pour panser
son monde.

Au terme d'une symphonie de doutes assumés, ils gravèrent
leur décision sous forme de glyphe composite :
Un cercle percé de quatre flèches, pointant vers chaque voie,
Et scellèrent « l'Alliance des Hybrides ».

Chapitre 126

— Premier Effet Secondaire de l'Œil-Filtre

Le matin suivant, Amani s'éveilla à un nouveau silence :

Une ruelle entière refusa de répercuter la moindre vibration.

La fontaine restait muette, les mosaïques semblaient avaler le son.

Zoé et Ren arrivèrent sur place :

Un jeune musicien, captivé par l'Œil, avait perdu son écoute intérieure.

Les échos de son doute s'étaient coagulés, formant une « Zone Silencieuse ».

En observant la fissure brumeuse au sol, Zoé comprit :

L'Œil-Filtre, en bloquant l'intrusion des doutes, avait aussi étouffé leur musique.

Le glyphe d'ouverture – une ligne brisée – flotta un instant dans l'air, vibrant comme une promesse. Alors que la zone silencieuse semblait hésiter, Zoé fit un signe à Ren, qui s'avança pour murmurer une incantation, ajoutant son propre souffle à l'effort. Ensemble, ils placèrent le glyphe face à cette mystérieuse frontière.

La brume vibra, le silence se fissura, et un souffle de résonance s'en échappa.

Le musicien retrouva sa note, timide d'abord, puis entière.

Chapitre 127

— L'Artisanat Hybride

À l'aube, la Cité-Pont se réveille en un chœur de gestes mêlés :

Dans l'Atelier des Souffles, un forgeron d'Amani façonne des enclumes de brume, pesant autant qu'un doute avoué.

À la Fabrique des Idées, la sculptrice Lyra extrait du vide des blocs de « peut-être » qu'elle polit en néons tremblants.

Dans les Jardins de l'Éclat, des enfants-mi-brume arrosent des tournesols-question, chaque « goutte de doute » nourrissant une nouvelle spirale.

Dans la Tour-des-Rêves-Oubliés, des lanternes sans flamme s'illuminent grâce aux ondes de brume soigneusement programmées.

En quête de nouvelles harmonies Zoé et Ren, passent entre les échoppes, recueillant les premières plaintes :

« Mon glyphe s'efface trop vite »,

« J'aimerais offrir un doute qui dure ».

À midi, la grande cloche-écho sonne: chaque artisan suspend
son œuvre, se regroupe sur la Place des Quatre Offrandes,
et partage un « et si » qu'il n'a jamais osé formuler.
La cité vibre : un jour de routine qui rappelle qu'ici,
le quotidien se tisse toujours à la lisière du possible.

Chapitre 128

— Les Premiers Décrets de l'Alliance

Dans la Bibliothèque des Silences, les six membres de l'Alliance des Hybrides réouvrent la table ronde gravée de brume et de verre.

Lyra propose le décret n° 1 :
« Chaque semaine, un Veilleur change, élu par le glyphe le plus audacieux déposé sur l'Œil-Filtre. »

Encore inquiet, Malric, obtient le décret n° 2 :
« Toute modification de la cité doit être annoncée par trois carillons de doute avant d'être appliquée. »

Una fait entériner le décret n° 3 :
« Les guérisseurs d'Amani et les sculpteurs d'idées créeront en duo une nouvelle médecine des hésitations. »

Un droit de regard, obtient Ido, sur le décret n° 4 :
« Le rituel des glyphes sera transmis à chaque monde visité,
sous forme de chant à partager. »

Le décret n° 5 prend forme dans une atmosphère teintée de mystère, tandis que l'Œil-Filtre projette une lumière douce sur la table gravée. Zoé et Ren, attentifs aux nuances de chaque glyphe, ajustent soigneusement les derniers détails, veillant à ce que leur alliance résonne avec la promesse d'unité.

« L'Œil-Filtre ne capturera désormais que la volonté d'union,
non les peurs isolées. »
Sceau posé, la table s'illumine d'une onde dorée :
la première charte d'un univers participatif.

Chapitre 129

— Première Expédition au Monde Fracturé

Au pied de la Tour-des-Ponts, Zoé, Ren et Ido se préparent à franchir une arche inédite, tissée de brume et de verre fracturé.

Ils emportent trois artefacts de l'Alliance :

• Une fiole de brume guérisseuse.

• Un éclat de tournesol-question.

• Une plaque-miroir gravée du glyphe composite.

Dès qu'ils passent, le paysage s'effrite : ponts brisés, forêts de cristaux éclatées, voix polyphoniques qui se croisent sans se comprendre.

Le monde vacille autour d'eux : des fragments d'âmes se rassemblent, attirés par la familiarité du doute transformé en création. Ren active sa lanterne-onde pour déchiffrer les échos ambiants, tandis qu'Ido tend la main, espérant y déposer le rituel des glyphes.

Zoé, quant à elle, murmure le chant des premières lois de l'Alliance, sa voix se mêlant au glas lointain qui retentit, comme si la Fracture elle-même mesurait le pouvoir de leur passage.

Et tandis qu'ils s'enfoncent dans la déchirure,
un chœur indistinct chuchote :
« Enfin, nous pouvons rêver ensemble. »

Chapitre 130

— Crépuscule et Fissures Quotidiennes

Le soir tombe sur la Cité-Pont,

et les lanternes sans flamme s'allument d'elles-mêmes.

Dans la Halle des Murmures, on prépare la Fête Inachevée :

• Des étals de pigments mouvants, dont les couleurs hésitent entre vert-souvenir et pourpre-espoir.

• Des conteurs-voyageurs qui entremêlent récits d'Amani et fragments du monde fracturé. Mais à la première note du carillon, un souffle glacial traverse la place : Un pan de rue de brume se déchire, révélant une arche sombre. Un écho discordant résonne, modifiant les glyphes. Tracés sur les pavés.

Les enfants-mi-brume s'arrêtent, les pigments se figent en cristaux, et une clameur d'inquiétude monte :

« Quel fragment de doute s'est échappé ? » La dissonance des notes semble altérer la structure même de la Fête, et Ren, alerté par cette perturbation, s'avance pour démêler les accords erronés du carillon, espérant dénouer un fragment de vérité.

Pendant ce temps, Zoé, le souffle court, contourne les étals figés et les ombres inquiètes pour rallumer les lanternes vacillantes sous la Tour-des-Rêves-Oubliés. La Fête Inachevée devient un avertissement :
la cité légèrement se craquelle, invitant chacun à choisir entre panique et création.

Chapitre 131

— Les Ombres du Décret

À la Bibliothèque des Silences, l'Assemblée mixte
se réunit en urgence.

Sur le parchemin des Décrets, un vide :
le décret n° 2 (« trois carillons de doute avant toute
modification ») a disparu, remplacé
par un glyphe inconnu.

Malric se crispe :
C'est un appel à l'absence de garde-fous !

Una referme les lampes à murmures :
Qui aurait intérêt à semer le vide ?

Lyra soulève un fragment de verre teinté d'ombre :
Ce glyphe ressemble à l'écriture d'un ancien, disparu depuis
la Fracture.

Ido pose son miroir fracturé sur la table :
Il capte des échos… ils disent « libérez le chaos ».

Murmurant Zoé :

Sans décret, la cité se disperse. Il nous faut retrouver l’auteur et réécrire le pacte, ensemble.

Concluent Ren.

Mais comment assurer la stabilité d'un monde basé sur l'incertitude ?

Chapitre 132

— La Traque du Sablier Brisé

À l'aube naissante, Zoé et Ren quittent la Place des Quatre Offrandes, guidés par l'écho sibyllin du décret disparu. Leurs pas dessinent des virgules de lumière sur les pavés, cherchant la moindre brèche d'ombre.

Dans la Halle des Murmures, ils interrogent les artisans :

- Un souffleur de verre jure avoir vu une silhouette furtive glisser un glyphe sous la porte.
- Une tisseuse d'étoffes-lambeaux affirme que ses fils ont vibré d'un motif inconnu.

Sur le Pont des Reflets, Ren capte dans sa lanterne-onde un murmure :

« Libérez le chaos… »

Un rythme de pas précipités, fuyant vers la Tour-des-Rêves-Oubliés, attire l'attention de Zoé et Ren alors qu'ils avancent lentement, leurs gestes chargés d'une tension palpable.

Dans les galeries suspendues, ils surprennent un souffle trop juste pour être humain ; un pan de mur mental se fissure.

• Un glyphe-repère est tracé par Zoé pour refermer l'ouverture.

• Une onde traverse le passage, dessinant une lumière vacillante qui semble hésiter. Au cœur de cette lueur, Ren et Zoé apparaissent, leurs gestes précis dévoilant une intention commune. Ren, en écho, lance une onde qui le fige une seconde dans la lumière.

Ils comprennent alors : le saboteur n'est pas un ennemi, mais un ancien du monde fracturé, attiré par le pacte hybride.

Face à la clef de verre inachevée, il hésite son doute gronde comme un orage.

Avant qu'ils n'agissent, il souffle d'une voix tremblante :

« Je voulais offrir l'absence de garde-fous.

Mais j'ignore… ai-je détruit le lien ? »

Un silence tendu emplit l'air, comme si la cité elle-même retenait son souffle. Puis, au centre de cet équilibre fragile, une onde familière se dessine.

Zoé avance lentement, ses gestes précis comme pour ne pas
briser ce moment suspendu.

Tandis, à quelques pas derrière, Ren, trace un glyphe d'accueil, invitant la lumière à s'unir à leur intention commune :

Ils n'arrêtent pas le saboteur, ils l'invitent à réécrire
le décret avec eux.

Chapitre 133

— Le Rituel de la Fête Rouverte

À l'heure où les lanternes sans flamme dansent dans la brume, la cité tout entière se rassemble devant la fissure du Marché

des Souvenirs Imparfaits.

Alors que Zoé, d'un geste délicat, tend une fiole de brume guérisseuse, Ren s'approche à son tour, traçant dans les airs un glyphe d'apaisement. Ensemble, ils insufflent une harmonie subtile à l'instant, leurs actions fusionnant avec les espoirs de la cité.

Ensemble, ils forment un cercle :

• Chaque habitant – forgeron, sculptrice, enfant-mi-brume, Chaque voyageur d'Ido

– apporte un fragment de doute qu'il offre à la faille.

• Les pigments mouvants sont projetés sur les arêtes du creux, colorant la brèche d'un kaléidoscope d'incertitudes.

Sous la cloche-écho, on entonne le chant du décret retrouvé :

« Trois carillons avant l'œuvre, trois éclats avant la fissure, trois paroles pour sceller l'ouverture. »

À chaque refrain, la faille se colle, se resoude, se recouvre
de mille glyphes vivants.

Quand la dernière note meurt, la rue exulte :

• Les étals retrouvent leur souplesse, les ruelles respirent d'un rythme apaisé.

La fissure n'a pas disparu, mais elle vibre désormais comme un trait d'union, offrant un passage conscient.

Au centre du marché, Zoé et Ren échangent un regard :

La cité est fragile, mais elle sait se réparer.

Le saboteur, désormais allié, grave le nouveau décret à la base

de la clef de verre.

Et la Fête Rouverte s'élance dans une explosion
de points d'interrogation dansants, réaffirmant que le doute,
loin d'être une menace, est le ciment de ce monde hybride.

Chapitre 134

— Le Gardien des Décrets

Au petit matin de brume, l'ancien saboteur s'installa devant la Clef de Verre, devenu siège du Conseil des Hybrides.

- Ses doigts tremblaient encore à la vue des glyphes gravés ; désormais, il les entretenait, les amendait, les protégeait.
- Alors qu'il contemplait la boussole de verre suspendue à un fil de brume, Zoé s'approcha doucement.

Elle glissa un murmure, une promesse de collaboration silencieuse, un lien fragile mais nécessaire entre le saboteur réhabilité et la cité en reconstruction.

Chaque nuit, il arpente la Place des Quatre Offrandes, recueille suggestions et craintes, puis inscrit ses corrections au cœur de la Clef.

Aux matins clairs, il ouvre la Petite Audience : quiconque souhaite modifier un décret trace son glyphe devant lui, il l'analyse à la lumière de la brume et scelle — ou renvoie — la proposition.

Dans son regard se lit la fierté du transforme-réconciliateur : celui qui, d'un acte de rupture, a forgé la première ligne de défense et d'écoute du monde hybride.

Chapitre 135

— Les Archives de la Tour-des-Rêves-Oubliés

Perchée au sommet de la cité-pont, la Tour-des-Rêves-Oubliés ressemble à un labyrinthe de passerelles et de niches.

• Au rez-de-chaussée, la Salle des Amendements : des pupitres flottants où sont classés tous les glyphes de modification, éclairés par des lucioles d'ombres dansantes.

• À mi-parcours, le Grand Vestibule : un disque de miroirs déformants renvoie l'image changeante du Veilleur-Passeur, pour rappeler que la loi naît dans le regard des habitants.

• Au sommet, l'Observatoire des Vents de Brume : Ren y capte les courants d'idée qui s'élancent vers Amani, les convertit en partitions sonores, diffusées jour et nuit dans la cité.

Chaque matin, des apprentis-scribe gravent, sur la paroi de basalte, le résumé poétique du décret amendé ; chaque soir, la population peut venir y déposer une graine de « peut-être »,

cultiver le terrain du possible.

Chapitre 136

— Expédition dans l'Univers Fracturé d'Ido

Dans les ombres mouvantes de l'arche brisée, les ponts volés flottaient comme des rubans inachevés, chaque fragment porteur d'un murmure étouffé.

Ce n'est qu'au cœur de ce gouffre vert sombre que Zoé, Ren et Ido émergèrent, porteurs de lumière et de chants anciens, prêts à redonner vie aux récits éclatés.

- Le nouveau décret restauré prend vie sous un chant ancien, entonné dans une langue longtemps délaissée.

La brèche tremble, hésite, puis semble se stabiliser.

- Une fiole de brume guérisseuse est libérée ; elle s'infiltre dans les fissures des ponts effondrés, recollant peu à peu les voix disjointes.
- Tandis que Ren harmonise les courants d'énergie en partitions lumineuses, Zoé et Ido s'avancent pour poser une lanterne-onde.

Zoé murmure des fragments d'un ancien chant, tandis qu'Ido dessine spontanément des glyphes flottants, captant les voix fragmentées qui s'élèvent dans l'air. Ensemble, ils réaniment les récits éclatés, insufflant une lumière nouvelle aux âmes dispersées.

Ensemble, ils tissent un réseau de lumière, guidant les voyageurs à travers cette terre fracturée.

Au cœur du chaos, des notations flottent : des glyphes spontanés dessinés par Ido ; les habitants recomposent ensemble leurs récits éclatés.

Et, pour la première fois, les fragments d'une même vie se répondent : un père retrouve sa voix, une cité retrouve ses remparts, un rêveur recolle sa légende.

Chapitre 137

— La Discorde des Cœurs Suspendus

Au cœur de la cité-pont, une tension latente
s'est muée en murmure :
Les Veilleurs, porteurs de tradition, exigent plus de gardiens
pour l'Œil-Filtre.
Les Créateurs, artisans de doute, réclament la liberté totale
de déposer n'importe quel glyphe, sans frein.
Une assemblée exceptionnelle est convoquée
sur la Place des Quatre Offrandes :

Sur la Place des Quatre Offrandes, une tension palpable envahit les esprits, et les voix s'élèvent pour défendre leurs idéaux.

Dans l'effervescence grandissante, tandis que les idées fusent et que les voix se croisent, Malric, voûté et sérieux, s'avance au centre de l'assemblée.

D'un ton réfléchi, il propose la création d'un « bouclier de verre » autour de l'Œil-Filtre, une solution qui suscite autant d'approbations que de scepticismes parmi la foule d'applaudissements.

Alors que les murmures s'intensifient, Lyra, incisive et animée par une passion brûlante, se lève, brandissant son maillet de pensée, et intervient avec véhémence pour déclarer que la créativité ne
ne doit jamais être emprisonnée. Ses mots résonnent parmi la foule, déclenchant à la fois des applaudissements enthousiastes et des protestations véhémentes.

Dans l'effervescence des débats, alors que les voix s'entrelacent et s'opposent, Una, calme et posée, intervient au moment opportun. Elle évoque la guérison collective et insiste sur la nécessité d'un équilibre délicat entre le doute et le soin, apportant une note de sérénité dans le tumulte ambiant.

Dans ce tumulte, Ido, avec gravité, partage son expérience personnelle et déchirante : « L'anarchie du doute m'a brisé, mais le carcan de la certitude a tué mes rêves. »

Chapitre 138

— L'Étranger aux Bribes d'Ombre

À l'aube grise, une silhouette glisse sous l'arche :

Vêtue d'un manteau d'encre, elle porte au cou une chaîne de fragments de miroir noir.

Son regard capte non la forme, mais la question qui l'accompagne.

Elle se présente comme Ouma, mère mémoire-marcheuse d'un secteur resté hors pause :

« J'ai marché dans des rêves brûlés, ramassé des échos perdus. Je viens apprendre votre Pacte. »

Intriguée, Zoé l'accueille, ; Ren lui tend une lanterne-onde allumée de lueurs dorées. Ouma dépose son artefact : un pendentif où se lit un glyphe inconnu, pulsant d'un « et si » plus ancien

Que la Fracture.

Sa venue interpelle tous les habitants : est-elle alliée ou promesse de nouvelles déchirures ?

Dans ses bribes d'ombre, une voix chuchote déjà : « Je connais le secret des origines … »

Chapitre 139

— Les Murmures du Primordien

Dans la Tour-des-Rêves-Oubliés, Ren découvre un parchemin oublié, dissimulé derrière la Salle des Amendements :

Des lignes hésitantes évoquent le Primordien : le tout premier miroir, antérieur à la pause.

Une question originelle, tracée dans une encre argentée, tourne en boucle :

« Que devient l'être quand son reflet refuse de répondre ? »

Bras tendu vers le parchemin, Zoé, sent l'écho vibrer :

Ce fragment lie les décrets, l'Œil-Filtre et la Clef de Verre ;

Le glyphe inconnu de Ouma semble être la réponse manquante.

Une fissure mentale s'ouvre : si le Primordien a contenu la première question, alors la cité-pont n'est qu'une conséquence …

Le mystère s'épaissit : fallait-il vraiment réveiller cette origine ?

Chapitre 140

— Les Lames de l'Entente Brisées

L'Assemblée des Quatre Offrandes se réunit de nouveau, cette fois sous les voûtes de la Halle des Murmures.

Les Veilleurs, menés par Malric, dressent un cercle de verre noir pour isoler l'Œil-Filtre.

Les Créateurs, emmenés par Lyra, tracent des glyphes-flammes autour de la Tour-des-Rêves-Oubliés pour célébrer la libre innovation.

Quand les deux factions s'affrontent, le saboteur masqué surgit :

• Il brandit une clé fracturée, menaçant de briser l'Œil-Filtre si l'un ou l'autre camp l'emporte.

• Au bord du cercle, Zoé, tenant un éclat de verre clair, murmure une prière ancienne, ses mots résonnant comme un appel à l'espoir. Ren, inspiré, tend ses mains vers elle, et ensemble, ils dressent un pont d'unités et d'intentions partagées.

Un tremblement parcourt la cité-pont : l'équilibre du Pacte vacille sur le fil d'un choix.

Au moment où la clé menace de tomber, Ouma s'élance, révèle son pendentif-glyphe — signe de réconciliation plus ancien que la Fracture — et l'insère dans la serrure de verre.

Le saboteur relâche l'arme, troublé : une onde calme embrase le cercle, effaçant les rancunes en un chant commun.

Chapitre 141

— Le Chant de Ouma

À l'ombre d'une arche interdite, Ouma raconte son histoire : Venue d'un secteur où chaque reflet ouvrait une guerre, elle a fui pour chercher un Monde-Pont.

Son pendentif contient « l'Ultime Question » des anciens : « Et si la réponse était un chant ? »

Elle scande alors une mélopée qui fait vibrer la Tour-des-Rêves-Oubliés ;

Les glyphes d'amendement dansent en réponse, se recomposent en une ronde nouvelle.

Les habitants, émus, découvrent dans la voix de Ouma l'écho de leurs propres hésitations :

Ce chant unit Veilleurs et Créateurs, forge un accord plus vaste que lois et décrets.

Sur la place, la brume se fait partition vivante, recueillant chaque note comme un glyphe sonore.

Chapitre 142

— Aux Confins du Primordien

Alors que le tunnel constellé de miroirs brisés s'étire devant eux, les éclats scintillants semblent murmurer des fragments de souvenirs oubliés. Parmi ces reflets, Zoé, Ren, Ido et Ouma avancent prudemment, leurs silhouettes glissantes entre les ombres et lumières, attirées inexorablement vers la Caverne-Mémoire du Primordien.

Tandis qu'ils avancent, Zoé, Ren, Ido et Ouma sentent les fragments renvoyer des éclats de leurs propres souvenirs, les poussant à confronter des vérités oubliées.

Les parois reflètent leurs doutes les plus intimes, invitant à les assumer pour avancer.

Au centre, un puits sans fond, où flotte le Premier Glyphe, gravé d'une question argentée :

« Qui sommes-nous quand rien ne nous reflète ? »

Pour le résoudre, chacun contribue :

• Une goutte de brume dorée tombe dans l'abîme, jetée par Ren, éveillant un écho vibrant.

• Sur le sol, un glyphe-flamme est tracé par Zoé, engageant la question dans l'action.

• Un décret restauré est chanté par Ido, stabilisant les parois instables.

• Enfin, Ouma insuffle son chant primordial au puits, dont les miroirs se recomposent en un cercle parfait.

Le Primordien apparaît alors, non comme entité mais comme question vivante :

« Vous m'avez trouvé en faisant de l'incertitude une alliance. Désormais, mon reflet est le vôtre. »

Chapitre 143

— Le Chant-Alliance Éternel

Dès l'aube, la Cité-Pont résonne d'un murmure nouveau : le Chant-Alliance.

Dans l'éclat translucide de la brume, chaque note sculptée prolonge sa lumière délicate, une œuvre née des mains de Lyra. Tandis qu'elle donne forme aux strophes de verre, Ren et Ouma veillent à ce que l'harmonie soit maintenue, insufflant leur énergie dans le Chant-Alliance. À leurs côtés, Zoé trace des glyphes invisibles dans l'air, reliant l'abstrait à l'écho vibrant de la mélodie. Au milieu de cet effort collectif, Zoé et Ren unissent leurs talents pour harmoniser les glyphes dansants, tandis qu'Ouma insuffle une énergie primordiale qui enrichit les résonances du Chant-Alliance. Les gestes de Zoé, Ren et Ouma se mêlent harmonieusement, tandis que Malric, gravant les couplets dans la Clef de Verre, garantit leur mémoire vivante. À leurs côtés, Una insuffle un souffle guéri, afin que chaque refrain apaise plus

qu'il n'affole.

Dans cet élan créatif, les voix d'Amani, la langue fracturée d'Ido et les timbres mentaux de la Cité des Échos se rejoignent, tissant une harmonie inédite.

Les strophes de verre, sculptées par Lyra, prolongent leur éclat dans la brume tandis que les couplets, gravés par Malric dans la Clef de Verre, assurent une mémoire vivante.

À chaque refrain, Una insuffle un souffle guéri, apaisant les cœurs et dissipant toute inquiétude.

Dans cette harmonie naissante, Lyra sculpte des strophes de verre, chaque note prolongeant son éclat dans la brume, tandis que Malric grave les couplets dans la Clef de Verre, garantissant leur mémoire vivante.

À côté d'eux, Una ajoute un souffle guéri, veillant à ce que chaque refrain apaise plus qu'il n'affole.

Ces gestes, portés par Zoé, Ren et Ouma, réunissent les voix d'Amani, la langue fracturée d'Ido et les timbres mentaux de la Cité des Échos, tissant un nouvel accord au sein du Chant-Alliance.

Le premier essai se fait sur la Place des Quatre Offrandes : cent participants se lèvent, mains jointes, et entonnent l'"Ode du Peut-Être".

À chaque syllabe, la brume s'illumine, formant autour d'eux un halo de glyphes dansants.

Le Chant-Alliance circule ensuite en ondes furtives :

Dans les ruines du monde fracturé d'Ido, un fragment de pierre se fissure sous la mélodie.

À Amani, les toits frémissent, porteurs d'un écho suspendu aux tuiles.

Dans la Cité mentale, les carillons s'accordent sans qu'on les touche.

Le monde entier retient son souffle : un chant porteur d'incertitude, devenu hymne à la création partagée.

Chapitre 144

— Le Livre-Vivant du Primordien

Au cœur de la Tour-des-Rêves-Oubliés, les scribes se font passeurs de possibles.

Ils ouvrent le Livre-Vivant : une reliure d'argent et de brume, où chaque page est un miroir.

- Les Décrets amendés, tracés par Ren, dansent sous la lumière dorée de l'Observatoire.
- Des fragments d'Ido, minutieusement collés par Zoé, reflètent des vies éclatées, recomposées comme des mosaïques d'ombres
et de lumière.
- L'"Ultime Question", gravée en encre lunaire par Ouma, scintille doucement, laissant planer la promesse d'une réponse inatteignable.

Autour du Livre-Vivant, des ateliers s'installent :

Des calligraphes murmurent les réponses fugitives, que d'autres effacent pour en tracer de nouvelles.

Des relieurs de doute cousent les couvertures, mêlant filaments de doute et lianes d'espérance.

Chaque soir, les citoyens s'assemblent pour la « Lecture-Souffle » :

1. On ouvre une page au hasard.
2. On y dépose un fragment de vie, inscrit en petit, en marge du miroir.
3. La page se métamorphose, écho de chaque main qui a osé y écrire.

Le Livre-Vivant devient légende mouvante : un miroir où l'on se reconnaît, non comme l'on est, mais comme on pourrait devenir.

Chapitre 145

— La Grande Harmonie des Mondes

Le Grand Portail s'ouvre un soir de pleine brume ; Amani, la Cité-Pont et le monde fracturé d'Ido sont reliés par un corridor

d'échos et de lumière.

Chaque monde délègue un groupe :

À Amani, une troupe de conteurs-voyageurs, bardes des « Va-et-Venir ».

Dans la Cité mentale, des enfants-mi-brume, porteurs d'"Et-Si".

Dans l'univers fracturé, des pèlerins-fragments, re compositeurs de voix.

Ils se retrouvent sur la Place-Pont, face à un autel de verre : un cube constitué des quatre offrandes originelles.

Le Rituel de la Grande Harmonie se déroule en trois temps :

Dépôt des Incertitudes

• Chacun jette un objet-glyphes (fiole, éclat, parchemin) sur l'autel.

• L'autel vibre, absorbe, filtre, et renvoie une onde douce.

Entrelacs des Voix

• On chante l'"Ode du Peut-Être" en chœur, fusionnant les mélodies de chaque monde.

• Les murs du corridor s'animent : fresques de brumes en mouvement.

Scellement du Souvenir

• Una répand une goutte de brume guérisseuse sur le cube.

• La foule prononce en chœur la question primordiale : « Qui sommes-nous quand rien ne nous reflète ? »

• Le cube s'illumine, libérant un souffle de lumière partagée qui danse jusqu'aux confins de chaque monde.

Quand le Rituel s'achève, un silence vibrant unit les trois réalités : un instant hors du temps, témoin que l'hésitation peut devenir symphonie.

Chapitre 146

— La Faille au Cœur de la Célébration

À la veille d'une nouvelle Harmonique cyclique, la Place-Pont s'illumine de mille lueurs partagées.

Mais, dès le premier couplet de l'"Ode du Peut-Être", un vrombissement sourd parcourt les arches de verre.

- Les lanternes sans flamme vacillent, projetant des ombres étranges sur les visages.
- Un glyphe tournoyant, non tracé par l'une des trois cités, apparaît soudain sur l'autel de cristal.
- La brume se fait coupante, comme si elle distillait un doute viscéral.

Ils repèrent un groupe d'ombres filiformes, tapi aux marges, chuchotant un ancien refrain déformé. Zoé et Ren s'élancent alors pour isoler la source, déterminés à dévoiler le mystère.

Dans ce chant, Ouma reconnaît un écho perdu du Primordien : un secret trop lourd pour être entonné.

Le groupe, désormais rejoint par Ido, invoque le Rituel du Souvenir : il entonne le décret restauré, doublé d'une note inédite, et redirige la résonance vers l'autel.

La tension éclate en un souffle de soulagement : la faille se referme, laissant derrière elle…

Un fragment de porte noire, à peine entrouverte, pulsant d'un appel silencieux.

Chapitre 147

— Le Quatrième Univers dévoilé

Alors que le silence retombe, cette porte fugitive s'agrandit en un œil de brume obsidienne.

D'un pas hésitant, Lyra l'effleure :

- Elle y découvre une contrée sans nom, où les formes flottent sans se figer.

- Des silhouettes sans visage, muettes, tendent la main pour toucher l'horizon mouvant.

Une voix collective s'élève : « Nous sommes les Innommés, épars par la Fracture. »

Imprégnant l'espace d'une vibration profonde, Ouma grave le Chant-Alliance sur le glyphe de pont, tandis que Zoé, concentrée en retrait, rejoint finalement le rituel, harmonisant la résonance et renforçant l'écho collectif.

Le portail vibre : une première délégation d'Innommés traverse, portant l'espoir d'un Univers 4

—Celui des voix qui n'ont jamais reçu de nom.

Chapitre 148

— La Cinquième Voie : Confluence des Échos

Au retour des Innommés, l'"Alliance des Hybrides" sent poindre une nouvelle trajectoire :

Une Cinquième Voie, née de la confluence

- Des Décrets amendés, désormais conclusion d'un accord vivant.
- Des chants de tous les mondes, devenus partition commune.
- Des glyphes spontanés, tissés par les Innommés et les Veilleurs.

Ils la nomment la Voie de la Confluence :

> Tisser ensemble, au-delà des lois et des frontières,
> un écho harmonieux où chaque monde forme une note.

Pour l'inaugurer :

Un glyphe-mosaïque, fusion de tous les symboles, prend forme sous les mains de Zoé, tandis que l'atmosphère se charge des harmonies créées par Ren orchestrant une Onde de Brume, où se mêlent le Chant-Alliance et les cris des Innommés.

Au cœur des récitations, Ouma scande l'“Ultime Question” en chaque langue présente, renforçant la résonance des mondes. Enfin, Ido, en un geste délicat, dépose un fragment de miroir, où se reflètent les cinq trajectoires, unissant chaque écho dans une vision commune.

La place explose en une volée de spores dorées : la Cinquième Voie est tracée, vivante, ouverte.

Désormais, les Voies ne sont plus numérotées, mais infinies : chaque écho peut en créer une nouvelle.

Chapitre 149

— L'Odyssée des Innommés

À peine arrivés, les Innommés déploient leurs contours indécis :

- Le sol de leur univers vibre sous leurs pas sans laisser d'empreinte, comme une terre jamais foulée.
- Les silhouettes, sans nom ni visage, se rassemblent autour d'un puits d'encre mouvante : un lac de reflets absents.

Un cercle cérémoniel se forme sous l'impulsion de Thala, Orin et Syma, tandis que Lyra, en retrait mais attentive, propose un rituel de nomination où chaque participant écrit, en un seul mot, l'essence qu'il souhaite explorer.

Tandis que les mots prennent forme, Thala, “celle qui cherche”, imagine le futur de leur quête. Orin, “porteur de brume”, scelle doucement l'harmonie qui émane du groupe. Syma, “garde-souvenir”, observe en silence, gardant en mémoire chaque instant

de cette rencontre sacrée.

Au fur et à mesure que le cercle cérémoniel prend forme, Zoé grave soigneusement le mot sur une feuille de verre. Ren, discret mais essentiel, intervient subtilement en insufflant une goutte de brume dans ce processus, scellant ainsi l'identité nouvelle et renforçant la résonance collective.

Avec une solennité lumineuse, Zoé grave ce mot sur une feuille de verre, qu'elle transmet ensuite au nommé.

Au cœur du cercle cérémoniel, Ouma s'avance doucement parmi les autres, ses murmures délicats insufflant des incantations qui tissent un lien subtil entre les noms offerts et les échos du groupe.

Au cœur du cercle, tandis que Thala, Orin et Syma insufflent leurs propres énergies à la cérémonie, Ren intervient subtilement.

Ses gestes précis et discrets insufflent une énergie vive, tissant délicatement une résonance collective qui scelle l'ancrage des identités naissantes.

Dans un chœur de souffles, les Innommés s'appellent enfin :

2. Zoé grave ce mot sur une feuille de verre, qu'elle offre au nommé.

Au centre du cercle, tandis que les mots gravés sur les feuilles de verre prennent vie, Ren intervient subtilement. Ses gestes précis insufflent une goutte de brume, tissant une résonance collective qui scelle l'identité nouvelle et renforce l'harmonie du groupe.

Chaque mot gravé devient un pont vers l'inconnu, et les personnages émergent peu à peu de la dynamique collective.

Thala, appelée désormais “celle qui cherche”, éclaire les chemins possibles, ses gestes précis guidant les autres.

Orin, le “porteur de brume”, tisse une enveloppe de protection autour de ces identités naissantes, ses mouvements légers diffusant une assurance apaisante.

Syma, “garde-souvenir”, témoigne de cette transformation, son regard attentif capturant et préservant l'essence de chaque instant.

Et d'autres prénoms éclos comme des fleurs de doute assumé.

Leurs visages demeurent fluides, mais leurs noms offrent un point d'ancrage :

L'Odyssée des Innommés peut commencer, guidée par le Chant-Alliance et le Livre-Vivant.

Chapitre 150

— Inauguration de la Voie de la Confluence

Sur le dais de la Place-Pont, la foule acclame

les premiers voyageurs :

Drapés de voiles irisées, Thala, Orin, Syma et leurs compagnons avancent en silence.

Les Veilleurs-Passeurs, jumelés aux enfants-mi-brume,

Les sculpteurs d'idées et les conteurs-voyageurs d'Amani.

Alors que les voyageurs avancent, guidés par l'Onde-Confluence, Ren rejoint le groupe, ses gestes harmonieux se mêlant à la brume qui se transforme en sentier devant eux.

Ses doigts effleurant les glyphes-mosaïques qui dansent comme des fragments d'histoire, Zoé marche en silence, attentive aux moindres détails qui jalonnent le chemin.

Chaque pas génère une arche scintillante, signe qu'on franchit

ensemble le réel et l'imaginaire.

Au bout du passage, un miroir d'eau claire reflète non un monde, mais tous les mondes :

Les visages se mêlent, rient et pleurent, découvrent l'écho
de leurs frères d'incertitude.

Une cloche-onde sonne trois fois, scellant la cérémonie.

La Voie de la Confluence est inaugurée : un chemin sans fin,
habité par la promesse d'inventer toujours.

Chapitre 151

— Aux Sources du Chant Fracturé

Ouma, troublée par le glyphe de la Faille, conduit Zoé et Ren aux sous-voûtes de la Tour-des-Rêves-Oubliés.

Là, un cercle de murmures résonne autour d'un cristal noir :

• Le Cristal-Creuset, barguigne de bruits anciens.

• Des gravures à demi-effacées évoquent un ancien refrain, antérieur au Primordien.

Ils entonnent un contre-chant :

1. L'"Ultime Question" est scandée par Ouma, atomisant la lourdeur du cristal.

2. La résonance oscille à travers le cercle, amplifiée par Ren, qui module l'Onde Alliance pour purifier le flux et apaiser les vibrations.

3. Autour du cercle, Zoé esquisse un glyphe-de-délivrance, ses gestes précis et fluides amplifiant la résonance tout en guidant l'énergie vers une harmonisation.

4. Le Cristal-Creuset se fêle, libérant un souffle de notes claires :

Un phrasé originel, pur et entier, se superpose au Chant-Alliance.

Un carnet jaillit, manuscrit oublié d'un interprète-voyageur, porteur du premier "et si".

Le mystère s'éclaire : le Chant-fracturé était l'écho d'une question trop lourde pour un seul monde.

À présent recomposé, il peut circuler partout…

mais à quel prix ?

Chapitre 152

— L'Écho Éternel

Le jour se lève sur la Place-Pont où tous les voyageurs de ces mondes se sont rassemblés : Au cœur du cercle, tandis que la résonance s'intensifie, Zoé et Ren échangent un regard déterminé. Non loin d'eux, Ido, le pèlerin réparateur, ajuste avec soin les éclats

vibrants, comme s'il lisait dans leurs fragments la clé d'une harmonie cachée.

Ouma, la mère mémoire-marcheuse ;

Thala, Orin, Syma et les autres Innommés, enfin pourvus de noms et de voix ;

Lyra, Malric, Una, gardiens et créateurs du Pacte.

Les regards s'entrelacent dans une danse de certitudes et de doutes.

Ouma, la mère mémoire-marcheuse, s'avance avec une lenteur cérémonielle, ses pas tissant les fils du passé et du futur. Autour d'elle, Thala, Orin, Syma et les autres Innommés, enfin pourvus de noms et de voix, forment un cercle vivant, vibrant d'une énergie nouvelle.

Au cœur de l'assemblée, Lyra, Malric et Una, gardiens et créateurs du Pacte, avancent lentement, leurs gestes minutieux ajustant la résonance émergeante en harmonie parfaite.

Au centre, l'autel-cube pulse doucement, chargé de chaque offrande : glyphes-mosaïque, fioles de brume, éclats de tournesol-question, fragments de miroir fracturé. En un souffle collectif, ils entonnent la fusion ultime :Le Chant-Alliance, écho d'espérance et d'incertitude,• Le refrain primordien, recomposé en ronde lumineuse,

Les voix neuves des Innommés, comme un chœur d'horizons inédit.

La brume danse, porteuse d'une onde vive :

Le cube se fissure en arabesques lumineuses, répandant sur chaque monde une pluie de glyphes scintillants.

Un huitième univers émerge, tissé dans ces particules :

Ni Amani, ni la Cité des Échos, ni le monde fracturé d'Ido, ni l'Univers 4…

Mais un espace mouvant où chaque hésitation devient chemin, chaque question, tremplin.

Le Primordien lui-même, cette Question-Vivante, se retire en silence, laissant derrière lui un miroir sans cadre :
« Ici, je vous renvoie votre reflet — celui d'un infini inachevé. »
Lorsque les chants s'achèvent, chacun comprend :Les Innommés retrouveront leur terre, porteurs d'une légende partagée.

Les Veilleurs et Créateurs veilleront désormais non sur l'ordre, mais sur le souffle de l'invention.
L'Œil-Filtre ne sera plus oracle unique, mais prisme par lequel chaque monde fera résonner son versant' « d'et si ».
Les mondes, désormais unifiés par des fils invisibles d'incertitude et de création, accueillent de nouveaux éclaireurs.
Zoé, Ren, Ido et Ouma deviennent les porteurs de ce souffle inédit, semant ailleurs ces germes d'harmonie dans des univers encore à découvrir.
Et c'est ainsi que se referme ce chapitre : non sur une fin, mais sur un début perpétuel. Car tant que vibrera la moindre hésitation, tant que naîtra la plus petite question, Les mondes resteront liés par ce tissage de métissage infini.

REMERCIEMENT

Certaines présences se posent dans le livre de la vie comme des lucioles dans la nuit, gravant des lueurs indélébiles sur le sentier de l'âme.

À vous, qui m'avez offert votre confiance à l'aube naissante, merci d'avoir éclairé ce chemin de vos regards bienveillants et de vos silences complices.

Chacun de mes mots est plus qu'une simple escale, il est un écho vibrant de la force puisée dans vos gestes, vos paroles, vos espérances. Par vous, chaque phrase devient un battement de lumière dans le flux secret de l'inspiration.

Je vous adresse, en filigrane de ces pages, toute ma gratitude profonde et la tendresse infime que distille l'amitié véritable

www.ingramcontent.com/pod-product-compliance
Lightning Source LLC
LaVergne TN
LVHW040222110826
845146LV00004B/1249

9791097854737